主编　凌翔

当代著名作家美文自选集

三分历史
七分文学

宋宗桃　著

民主与建设出版社

·北京·

© 民主与建设出版社，2019

图书在版编目（CIP）数据

三分历史七分文学 / 宋宗桃著 . —北京：民主与
建设出版社，2019.12
ISBN 978-7-5139-2754-3

Ⅰ.①三… Ⅱ.①宋… Ⅲ.①散文集－中国－当代
Ⅳ.① I267

中国版本图书馆 CIP 数据核字（2019）第 248165 号

三分历史七分文学
SANFENLISHI QIFENWENXUE

出 版 人	李声笑
著　　者	宋宗桃
责任编辑	周佩芳
封面设计	陈　姝
出版发行	民主与建设出版社有限责任公司
电　　话	（010）59417747　59419778
社　　址	北京市海淀区西三环中路 10 号望海楼 E 座 7 层
邮　　编	100142
印　　刷	唐山楠萍印务有限公司
版　　次	2020 年 1 月第 1 版
印　　次	2020 年 1 月第 1 次印刷
开　　本	710 毫米 ×1000 毫米　　1/16
印　　张	13
字　　数	200 千字
书　　号	ISBN 978-7-5139-2754-3
定　　价	49.80 元

注：如有印、装质量问题，请与出版社联系。

目　录

第四辑　文丝史片

第五辑　仁山智水

第一辑　花好月圆

春光占尽是杏花

春日游，杏花吹满头。

我行走在金水河畔，一排排杨柳迎风摇曳，一片片杏花如彤霞一般洇红了天地。

我偏爱杏花。

当大地寒意尚浓，春风依然料峭的时候，迎春花、玉兰花就耐不住寂寞了。她们慌慌张张地跑出来，仔细一看，才发觉春天还没有真正来到，但事已至此，便只能在寒风中瑟瑟发抖了。相比之下，杏花却很淡定、很矜持。等春风的脚步声已经听得很清楚的时候，特别是一场淅淅沥沥的春雨跟她咬过了耳朵之后，杏花才沉稳地撩开朦胧的面纱。杏花是中庸之花，不爱张扬，也没有高调。她的节奏是自自然然、潇潇洒洒的。她既不和谁争宠，也不看谁的脸色行事，她只在对的时间里开放：不早不晚，不前不后，不紧不慢，不慌不忙。如果说，对着款款而来的杏花，你就真认为她是一个超然物外的冷美人，那你就错了。事实上，杏花是一个外冷内热的奇女子。她的内心不仅一团火热，而且骨子里还有几分狂野，几分自信。就是说，一旦她感受到春意的火候足了，不开则罢，一开就开得一树繁华，开得轰轰烈烈，开得漫山遍野。

等到杏花开放的时候，大地已是春意融融了。人们走出户外，走进公园，走到郊区，走向农村，游春赏春。一些敏感的诗人此时就会带着矫情的口吻问，哪里的春光最美，哪里的春意最浓？杏花好像�准了他们的心思似的，就笑吟吟地悄悄"挑逗"他们玩。你看，她这里来一个"一梢斜路曲墙边"，那里来一个"杏花墙外一枝横"，忽然间又搞出一个"一枝红杏出墙来"。于是，那些诗人被撩拨得、鼓荡得招架不住了，就大呼小叫，"红杏枝头春意闹"！啊，原来，占尽春光是杏花！他们为杏花的美丽，同时也为自己的发现而惊喜，而激动，而诗兴大发！一不小心，一些描写杏花传神的佼佼者竟然获得了以"杏花"冠名的雅号，例如，宋祁——"红杏尚书"，管水初——"管杏花"，等等。

杏花是十二花神中的二月花，还是"花族"中的变色花。当杏花刚露出胎苞的时候，她的容颜是艳红艳红的。可是，随着春风的轻拂，春雨的滋润，胎苞儿逐渐睁开了惺忪的睡眼，并一点点长大，红中带粉，像极了贵妃醉酒。接着，她东张西望，寻找属于自己的彩衣，借助春风缓缓展开五片红红的花瓣，浓艳瑰丽，臻于极致。此后，她的红晕儿一点点消退，色彩由浓变淡、变白，而到她飘零谢落时，就成了雪白一片。啊，好一副缱绻的意态，好一种媚人的风情！

我更偏爱雨后的杏花。白居易笔下的"梨花一枝春带雨"，似乎带有无尽的忧伤，是一副佳人泪流满面的悲戚相。但"杏花一枝春带雨"绝对是另一番景象，它让你体味到的，是自若、祥和和镇定。南宋天台国清寺住持志南禅师的《绝句》给予我们的就是这样的一个景象："古木荫中系短篷，杖藜扶我过桥东。沾衣欲湿杏花雨，吹面不寒杨柳风。"大儒朱熹读后不禁感叹："予深爱之！"我也是一位老人，也历尽了无数岁月沧桑，更是"深爱之"！要说，我在金水河畔行走，已经远不是一两个春天了。多少次杨柳轻摇，杏花披身；多少次"细雨湿衣看不见，闲花落地听无声"！其间，想打伞就打一把破伞，不想打伞就任细细的雨雾裹着。走过了一座桥，又走过了一座桥；朦胧烟雨中还有杏花朦胧。脑子闲适到愿想就想或漫想，不愿想就不想的境地，轻松又自由，可谓物我两忘，悠然自得。特别到了傍晚的时候，雨慢慢地停了下来，忽然间，夕阳的光辉穿过云彩，照在我那稀疏银发与雪白杏花互映的头顶上，便有了温庭筠"雨后却斜阳，杏花零落香"的意境，真美！

杏花其实是人奋斗一生的浓缩和写照。年轻时可以灿烂辉煌，娇艳欲滴，抢人眼球；而到老的时候，离去的时候，洗去一身铅华，清清白白，自自然然，回归生我养我的土地！

又见海棠发新红

年一过，出嫁的春姑娘就回来了。她手里拿着一尾叫"春风"的拂尘，在大地上轻掸了一下，小河里的水就唱起歌来了。一切都仿佛从沉睡中苏醒过来，草吐鹅黄，柳垂丝绦，花绽新蕊……更有被称为"舞魅"的小燕子，摆动着翠尾，忽而扶摇而上，忽而俯冲而下，忽而轻贴水面，忽而穿绿掠红，把春光撩拨得五光十色。在万物极兴尽致之际，海棠也娇羞地出现在百花的行列里了。

又见海棠发新红。每每看到素有"国艳"之誉的海棠花姿潇洒，胸中就涌动出一股莫名的遗憾"逆流"。啥叫相见恨晚，海棠与我即是。我儿时是知道海棠的名字的。但是，只是知道而已。这就要用到"百闻不如一见"这句老话了。听说得再多，都不能和见一面相比。不说开在唐诗宋词里的海棠，也不说开在戏剧和各种文艺作品乃至工艺品里的海棠，单说开在地名和人名里的海棠，就会让我幼小的心灵对海棠产生一种朦朦胧胧的"似曾相识"的印象。我的家乡附近有一个海棠寺村，虽然没有海棠树，却是一个很美丽的地方；在村里时不时地就能遇到名叫海棠的漂亮姑娘……可是，海棠花开得到底怎么样，没有感性认识，因此，也就不曾上心过。

后来，我到天津上学。未曾想到，天津大学水利馆旁边有一片大约上百株的海棠林。四月初的一天，我们一群同学不经意间来到了海棠树下，面对着娇艳欲滴的海棠花，初是惊艳，继而是激动，最后是陶醉。海棠花的颜色，一言以蔽之，是妙不可言的胭脂色。相较而言，花苞尤为艳丽。在粉与朱的天然搭配、巧妙过渡中，花色呈现出乍浓还淡、浓淡相宜的天然韵致，十分娇美可爱。此后的几天，我是带着唐诗宋词来观赏海棠的。因为许多抽象的东西，意会不易，言传更难。可是，那些大家却能道出"人人心中有、人人口中无"的感受。陆游以"虽艳无俗姿"来形容海棠的艳美，还以"猩红鹦绿极天巧，叠萼重跗眩朝日"来描述海棠花的红花绿叶及与朝日争辉的风流；也是宋代诗人的刘子翚，则以"幽姿淑态弄春晴，梅借风流柳借轻……几经夜雨香犹在，染尽胭脂画不成……"来刻画海棠的神韵。我觉得，丽日下的海棠花好看，经过春雨洗礼后的海棠花更好看。这其实也是很多人的同感。唐末著名诗人郑谷就有"秾丽最宜新著雨，娇娆全在欲开时"的名句；宋太宗也有"偏宜雨后看颜色"的感受。宋朝以后，有杜甫不写海棠诗之说，一些"杜粉"颇为杜诗中无海棠感到遗憾。要说，这就不是事，因为无论多么伟大的作家，他的作品也不能包罗万象。但是，对"杜粉"来说，别的花可以，唯独海棠不能接受！这里我想用杜甫《曲江对雨》"林花著雨胭脂湿"安慰一下那些执着的"杜粉"。尽管许多花儿都有所谓的"胭脂色"，但只有海棠的"胭脂色"最为"正宗"，最为出类拔萃！你们想啊，谁能说"林花著雨胭脂湿"所说的"林花"就不是海棠？因为胭脂色是海棠的标签呀！也许，那林就是一片海棠林呢！

海棠之名，因一个"海"字，不少人都为其是"土著"还是"海外移民"困惑。唐人段成式《酉阳（今湖南沅陵）杂俎》引一位唐代宰相李德裕的话说，花木凡带有"海"字的，都是从"海外"传入的。《本草纲目》也说："凡花木名海者，皆从海外来。"毛泽东的湖南老乡、老朋友章士钊 20 世纪 50 年代初曾作一组 5 首海棠诗，其二就有"棠梨本色自婀娜，海外移根作一家"之句。据说，章士钊作此诗时曾和毛泽东的家人讨论海棠的"祖籍"。其实，海棠是实实在在的土著"花族"。尽管早在二千五百多年前的《诗经》里就提到海棠，但是"海棠"这一称谓出现得很晚。唐德宗贞元年间（785—805 年），贾耽为相，著《百花谱》，头一次使用了"海棠"的称谓。贾耽（730—805 年），字敦诗，唐朝著名的政治家，地理学家，沧州南皮（今属河北）人。沧州东临渤海，自古就是海棠的主要分布地区。其实，不仅是沧州，河北、辽宁、山东等沿海省份都是海棠的主要分布地区。因为海棠是一种环境适应力特别强的树种，在沿海含盐量高的土壤中照样可以枝繁叶茂、花开似锦。沧州一带历史上也被称为渤海郡，所以，出身于沿海的贾耽在写《百花谱》时就把在自己家乡见到的、古时一些称为棠、柰的一类植物命名成了海棠。所以，海棠之海，并非海外，乃渤海之海也。

　　母校至今仍有 700 余株海棠，年年举办海棠节。母校海棠文化之盛也从一个侧面旁证了海棠之名与渤海之"海"的内在联系。日前，有同学邀我 4 月赴津同赏海棠，我动心后还是拒绝了。因为郑州碧沙岗公园里的海棠花一样美而媚，而且开得早。

山丹丹开花红艳艳

　　歌曲《山丹丹开花红艳艳》于 1971 年中央广播电台首次播出，便红遍了大江南北。当时我不知道山丹丹花什么样子。有人对我说就是杜鹃花，我也就相信了。1974 年电影《闪闪的红星》风靡全国，一曲《映山红》更是唱得人心如醉。于是我就不知不觉地把映山红，即杜鹃花当成了山丹丹花。后来又听到了程琳演唱的《信天游》："山丹丹花开花又落，一遍又一遍……"更是笃信不疑，便买了几盆杜鹃花，让她红上了我家的阳台。

　　直到去年，读到了汪曾祺的短文《山丹丹》才疑惑起来。汪曾祺说："山丹丹长一年，多开一朵花。山丹丹记得自己的岁数。山丹丹花开花又落，一年又一年……这支流行歌曲的作者未必知道，山丹丹过一年多开一朵花。唱歌的歌星就更不知道了。"我赶紧去查资料。原来山丹丹花与杜鹃花完全不是一码事。山丹丹学名斑百合，植物学名细叶百合，别名红百合、马兰花，是一种多年生草本植物，主要生长在北方的山坡灌丛、林地岩石间。《安塞县志》称：（山丹丹花）"色赤，蕊若胭脂，五月间，

008

山陬水湄，最蕃艳。"汪曾祺的判断还真对。别说唱歌的年轻歌星，偌大年纪的我也是一样。不仅不知道山丹丹"过一年多开一朵花"，连山丹丹花什么样也没见过。一番误打误撞，让我对山丹丹花充满了好奇和敬意。

汪曾祺说"山丹丹记得自己的岁数"，这句话含义很深。山丹丹岂止是记得自己的岁数，她更记得自己的责任、使命和担当。山丹丹花和生命是有约定的。每长一年，她就要有一年的收获，就要有一年的成绩，就要有一年的奉献。也许，她和我们人一样，生命也就数十个春秋，多也多不到哪去。但韶光弹指过，所以，她要让自己的分分秒秒都活得有价值。冬天来临，旧年就要过去了。虽然山丹丹该开的花都开了，但她没有松气，而是早早就在为新的一年做准备。她钢铁般的意志信念就是，一定要比上一年多开一朵花！不知道她有没有想过，来年的日子变数很多，会有许多的风风雨雨，会有许多的困难。但她的字典里没有"持平"这个词，她信心满满地就是要超过。这恐怕与她心里始终装着伟大的信仰有关。她就是要一心一意地、心无旁骛地、实实在在地把美丽送给世人，把芬芳送给世人，把春风送给世人。所以她才会昂首奋进，没有半点的犹豫和畏葸不前。

俗话说"向阳花木易为春"。但在陕北民间，却流传有"山丹丹花背洼洼里开"的俗语。山丹丹其实是迎着困难上的。她把阳光充足的好地方让给他人，自己却往阴冷的"背洼洼里"钻，到最艰苦的地方去。如此地不讲条件，先人后己，屈己让人，真乃度量很大，格局很大。汪曾祺在内蒙大青山曾挖回一棵山丹丹送给招待他的老堡垒户。但是不是"能活"，汪曾祺颇有疑虑。老堡垒户的回答非常肯定："能活。这东西皮实。"啥叫"皮实"，其实就是耐得风霜雨雪，适应性强。

"山丹丹开花红艳艳"。难以想象，开得漫山遍野的山丹丹花该是怎样一番气壮山河，怎样压倒一切地映红了大半个天空！可以说，山丹丹身上散发出来的独特的文化韵味，毫不逊色于任何一种名花。在百花中，山丹丹应该是最有精气神的，一旦绽放，她周围的一切都相形见绌，成了烘托她不俗气质的背景。

山丹丹是引领百花前进的旗帜。她年复一年坚持的，就是像老愚公那样，以满满的正能量，保持永远不变的初心，向大地兑现自己金子般的承诺。

清风细雨醉楝花

如果把春天的百花比作大自然的一场文艺盛会的话，那么楝花就是最后的压轴节目；如果把春天的百花看作天地间的一场饕餮盛宴的话，那么楝花就是最后一道佳肴。

从梅花、迎春花之笑意盈盈拉开春的序幕，到桃杏李花浓妆艳抹登场，再到牡丹技压群芳把春的气氛推到高潮，之后渐渐春意阑珊。当人们正要哼唱起"流水落花春去也"，作伤春、惜春状的时候，忽然一阵香气袭来，才乍然一愣，啊，别急，还有更精彩的楝花呢！

楝花可真是花之低调者。当百花纷纷登台亮相的时候，楝花还在幕后平心静气地做准备呢。只是当风儿告诉她，众花姊们都已经表演完了，她才不疾不徐地探出头来，淡淡地问一声，还有哪位姐姐没有上场吗？在确定再没有谁等得猴急的时候，她才迈着小碎步款款出场了。她就是这样，不比、不争。是啊，把风头让给他人，礼让为先，只要做好了自己，早一点，晚一点，又有什么关系呢？

楝树是一种普通得不能再普通的树，农民们叫她苦楝树或紫花树。

儿时，我老家门前就种有楝树。每到春末，楝树的树冠上就会腾起一团紫色的如梦如幻的烟雾。楝树的花儿小小的，花瓣的主色调是乳白色，有一点淡淡的紫；楝花的花蕊呈小喇叭状，深紫色，像是一个小风铃。自然界有个有趣的现象：个头越大的越好单打独斗，如虎豹；而个头越小的则越重视合作，有团队精神，如蚂蚁、蜜蜂等。具体到花儿也是这样。牡丹芍药很大很美，但给人以个人英雄主义的刚愎和傲气；可是许多细小的花儿，却从不着意展示自己一己的美丽，而是以互相拉手的大联合方阵呈现团队宏大壮观的气势。楝花就是其中的佼佼者。一朵楝花虽然很小，香味也很有限，但千万朵楝花簇簇串串，密密匝匝，集合起来，则蔚为壮观，既有超越牡丹的美丽，又有压倒茉莉的芳香。台湾作家席慕蓉这样描绘苦楝："你几乎不能相信，一棵苦楝能够开得这样疯狂而同时又这样温柔。"是啊，楝花所以似像"疯狂"，是因互相团结而成势；所以恣意温柔，是因内涵丰富而自信。

郑州市有几条楝树街。当清风如梦、细雨如思时，我伫立在楝树下，贪婪地嗅着花香，醉享芬芳，不由得想起楝花的轶事来。在古代，焚香与烹茶、挂画、插花并为"文人四艺"，是一种高雅的审美活动。李清照《醉花阴》里的"瑞脑消金兽"，写的就是焚香。瑞脑，又称龙脑香、冰片，是一种高级香料。由于它太高贵，与普通人家的生活是绝缘的，只有楝花才是老百姓的挚友。但这并不是说楝花就不能登大雅之堂。古语云："好香用以熏德。"据说，宋仁宗极宠爱的温成皇后就常以楝花制香。苏轼《香说》："温成皇后阁中香，用松子膜、荔枝皮、苦练（楝）花之类，沉、檀、龙、麝皆不用。"用极普通的原料制成皇宫所用的熏香，反映出温成皇后很有些不一样的聪慧。温成皇后是我们郑州巩义人，也许，她用楝花制香的方法是来自郑州民间呢！

自古以来楝花就很受诗人的钟爱。北宋王安石有"小雨轻风落楝花，细红如雪点平沙"；南宋何梦桂有"处处社时茅屋雨，年年春后楝花风"；明代陈子龙有"布谷催人春去后，平畴十里楝花飞"。康熙三十四年（1695 年），《红楼梦》作者曹雪芹的祖父曹寅和好友张纯修、施世纶为怀念词人纳兰容若，秉烛夜话于楝亭，留下了"紫雪溟蒙楝花老"的名句。1969 年，著名红学家俞平伯来到位于河南息县的五七干校，禁不住诗兴大发，连着写了两首《楝花》诗。其二云："此树婆娑近浅塘，花开飘落似丁香。绿荫庭院休回首，应许他乡胜故乡。"

楝花虽香，却是苦出身。楝树几乎从里到外都是苦的，包括她结的楝枣。苦树香花，楝花以自己的芬芳给我们诠释了啥叫"香自苦寒来"。楝树简直就是一个把所有的痛苦都自己扛的、苦着自己却对别人微笑的坚强的母亲。中国古代以萱草代指母亲，西方则把康乃馨作为母亲花。但我觉得，楝花更能体现母亲的爱——温情而内敛、朴素而低调。

河南是楝树的主要分布区。我早年还在老家的时候，曾不止一次地对着楝树虔诚地"仰止"过。我觉得，楝树俨然就是我那勤劳持家、忍辱负重、含辛茹苦地奉献甘甜乳汁的伟大的母亲。如今重对楝花，但愿我的景仰能够经过岁月和风雨的洗礼，凝结成对母亲的一份沉甸甸的追思和感恩……

石榴赤子心

我五六岁的时候，一位乡亲把一棵正值英年的石榴树送给了父亲。父亲把它栽在院子里，第二年就开了一树红花，并结出了许多硕大的石榴。

树，在我们的民族文化里，是和家或者家乡联系在一起的。《诗经》里的古人以桑梓代指故乡，汉高祖以枌榆代指故乡。但那些时候，中原地区是没有石榴的。如果石榴早从西域传入内地千余年，我想，故乡的代名词很可能就是石榴而非桑梓。因为没有哪种树的花会像石榴花那样热烈，像火把一样为远方的游子照亮回家的路。我离开家乡几十年，每每梦回故乡，首先梦到的便是那棵生机勃勃的开满红花的石榴树。那花、那树红得像一团燃烧的火，总是让我升腾起对故乡养育之恩的感激之情，激励我努力工作，报效人民。

父亲是一个特别爱石榴的人。1964 年 7 月，我考上了大学。9 月 1 日到学校报到。临行前，父亲让我带几个石榴给老师和同学。我说："都还不认识，送什么东西，多不好意思！"父亲说："我虽然在旧社会没有机会上大学，文化水很少，但对大学还是很向往、很崇拜的。人们通常称赞老师，大都爱说'桃李满天下'。其实在我看来，学校、老师更像石榴树。石榴树开的是一点都不掺假的鲜红鲜红的花，结的是累累的红红的子。简单说就是开红花，结红子。你看那石榴子，又红又甜；而学校培养的人才，又红又专。赤子之心，不是很相像吗？因此，带几个石榴，让老师同学们品尝一下石榴子，会很有意义。"

我哑然了。我哪有理由拒绝父亲呢！但是，我是一个内向的人，到学校后，给同学们品尝倒是品尝了，但是我不会像父亲那样，堂堂正正地把父亲对石榴的比喻讲给同学们。我只是拿起一颗石榴子，脸颊绯红地嗫嚅着对同学们说："你们看那亮晶晶的红红的石榴子，像不像赤子之心？"一个同学说："宋同学倒是挺会形象思维哩！"哈哈，同学们都笑了。这个场面让我有些失望。但过后想想，其实很正常，因为我们还都是刚刚开放的石榴花，还没有经过风雨，见过世面。所以，花儿读不懂果很正常，但果儿自然是读懂得花的。这就是为什么一个文化水平不很高的农民父亲会说出那样的话，而我也只能在工作多少年以后，才能比较理解父亲话中的意思。

有一年春节过后返校，父亲从石榴树根部挖了一株1尺多高的嫩条，让我带到学校种。我很不理解，就说，学校里根本没有地方种。再说，千里迢迢，带到学校还不一定能种活。父亲说："不会死的！石榴树的生命力很强，无论什么样的土质都能适应。而且，石榴树最适宜作为青年人集中的校园的绿化树。因为石榴花开了，满院里就红红火火，一派生机。"但我态度很坚决，不愿带。父亲只好叹口气，不再说什么。

1971年，我村来了几个知识青年。农民们对这些城里来的孩子十分关心，纷纷送去一些土特产品和好吃的东西。父亲给他们送了几个石榴。父亲说："石榴，石榴，意思是'实留'，就是说，我实心实意地希望你们长期留下来，为建设社会主义新农村贡献你们的知识。"大家都说父亲实心眼。知识青年在城里优越惯了，谁愿意留在到处都是石头的山村？没听说过"斗私批修，不离郑州"吗？但父亲说，虽然他也知道他们不会都留下来，但一定会有愿意留下的。事情的发展果然不出父亲所料。尽管以后这些知青先后回了城，但有一个女知青咋说也不走了，她嫁给了村里的一位农民，真正过起了王银环的生活。

最近，我回了一趟老家。虽然父亲早已驾鹤西去，我们兄弟姊妹们也都先后离开了小院，但那棵饱经沧桑的石榴树依然在小院里顽强地坚守着。开的花还是那样红，结的子还是那样甜。此时，来了一位我小时候的"闰土"和他的妻子——当年留下来的那位女知青。我拉住他们的手，双眼对四眸，十分动情，脑子里蓦然闪出四个字：赤子之心！

邂逅虞美人花

多少年来，对"虞美人"三个字一直怀有一种神圣、神秘、神奇的情愫。那是在中学时代，读李煜那首著名的《虞美人》词"春花秋月何时了？往事知多少"而心生悲悯。加之这三个字对青春男儿诡异、暧昧的可以意会、难以言传的魅力，不由得想弄明白这个词牌名的来历。当知道了《虞美人》源自唐代文人对项羽爱妾虞姬的同情时，不由发思古之幽情，叹惋美人失恃无助无奈之绝望，刹那间血管贲张，愤愤不平，怅苍天无眼，恨大地寡情，不知怜香惜玉，恤贫救弱！特别是上世纪 80 年代在电视上看到了台湾歌手陈美龄且歌且舞的一首日文歌《虞美人之花》后，更对虞姬莫名的同情和怜惜上升到了一个新高度。又因爱屋及乌，猜想能和虞美人般配的花也一定是绝美之花，于是便极想一睹其尊容，以抒发爱花悯人的情思。

虞美人花属罂粟科，罂粟属一二年生草本植物，别名丽春花、赛牡丹、蝴蝶满园春等。原产欧、亚大陆温带，世界各地多有栽培，比利时将其作为国花。如今虞美人在我国广泛栽培，以江、浙一带最多。关于虞美人花名的来历，有一个美丽的故事。传说虞姬死后，在她的墓上长出了一种像鸡冠花一样的花草，叶子对生，茎软叶长，到夏初开花。它的花瓣质薄如绫，光洁似绸，花冠轻盈灿若锦霞，无风自动，摇曳多姿，似美人翩翩起舞，引人遐思。人们坚信这是虞姬拔剑自刎时飞溅的鲜血染成的，于是就把这种草称为"虞美人草"，其花称作"虞美人花"。应该说，要看虞美人花就要到虞姬墓上看，因为只有这里的虞美人花才是正宗的。然而虞姬墓远在千里之外的今江苏省沭阳县颜集乡，而且还必须在花开时去到才有意义。可是，生活、工作上的事情千头万绪，哪有那么巧？所以总也未得其便。时间久了，便逐渐产生了退而求其次的想法，"舍远求近"吧，能看看家乡的虞美人花也好。可是，好像附近种虞美人花的不多，因而多年的愿望没有实现。

俗话说，有心栽花花不活，无心插柳柳成荫。一次不经意的出行竟成就了我的梦想。

初夏的一天，由于我对古代历史的兴趣，就到邻近的一个古城漫游，以寻觅历史的陈迹。孰知，这次古城之旅有两个没有想到，一是竟在大街上遇到了一个十数年未曾见过面的老同学和他的夫人。一番寒暄之后，他们夫妻执意要我到他府上一叙，我就欣然应允了。二是一到他家门前就闻到了一股浓郁的花香。原来他家住一楼，楼前的一片园子里几乎满是虞美人花，以红色为多，还有几株白、深紫、淡黄的。我走到小园前，只见那些花姿态秀逸，玉容灿然，无风自舞，袅袅娜娜，娉娉婷婷，似在对着我不停地打躬作揖，欢迎我这个不速之客。细观那花朵儿，俨然彩蝶展翅，又若红霞漂流；般配音乐舞蹈史诗《东方红》之流韵，侔匹北京国庆霓虹天安门之梦幻。我很惊奇，到厅里坐定之后，就问老同学，怎么会种这么多的虞美人花？老同学不好意思地笑了，然后向我讲述起了他的故事。原来他们不是原配夫妻，一个是中年丧偶，一个是半路离异。老同学的夫人姓虞，曾是单位人们行注目礼最多的美女，人送绰号

"虞美人"。可是她的丈夫身在福中不知福，吃着碗里"偷"着锅里，终于断送了自己的前途和幸福的家庭。婚姻失败的虞美人不仅伤心，而且灰心。自此对人生、对男人再没有了信任感，拒绝任何人的求爱和牵线搭桥。老同学就这么追求了她三年，始终都没有被接纳。后来老同学把自己对她的感情转移到了种虞美人花上。年复一年地种，并且年复一年地送给虞美人。就这样又过了三年，终于把虞美人感动了，两人走到了一起。婚后老同学更是对虞美人和虞美人花倍加钟情。他说，李白的《清平调》"名花倾国两相欢，长得君王带笑看"，说的是皇帝的艳福。我作为一介平民，能经年生活在"名花倾国"之中，是多么的难得啊！所以我也会特别珍惜她们，要"带笑看"，把她们当做我的生命的一部分去爱，去侍弄，去照顾！老同学的一番话说得我直点头。我想，作为一个人，一定要会珍惜爱，不辜负上天的赐予。特别当我们逐渐老去的时候，更应该知道，爱来之不易，美好幸福的生活来之不易，而且爱、幸福的生活，乃至一切美好的东西都是易碎品，稍有不慎就会鸡飞蛋打，到那时悔之晚矣！

我们说话时，虞美人不好意思听，躲到了小园里作看花状。我隔窗望去，虞美人虽然过了知天命之年，但身体一点都没有发胖，依然皮肤白皙，双颊绯红，窈窕美丽。此时我脑子里蓦然出现了一幅美人赏花图。阳光下，虞美人和虞美人花顾盼生辉，两相映衬，令我看得如醉如痴！

啊，虞美人也是虞美人花，虞美人花也是虞美人！

就让这幅圣洁的画面永远地定格在人世上吧！

开在心里的柿花

柿花是一种很小的花，没有什么知名度，更谈不上有多漂亮。它既没有桃花、杏花、梨花的美艳、夸张和盛大，更没有茉莉、桂花的浓郁、清香和诱惑，它普通得让一些有身份的人不屑一顾。可是尽管如此，柿花却从没有卑微过。它守贫耐瘠，从不嫌弃脚下的那片薄土，世世代代都和山区共命运，和农民同呼吸，在广阔的天地里默默地奉献。

春天来了，柿花不亢不卑地、理直气壮地和百花一样站在装点春色的队伍里。它知道，上帝没有瞧不起卑微，它有自己的一席之地，阳光之下众花一律平等。

到了农历三四月，麦子开始抽穗之前，柿树的血液流通加快，枝丫痒起来，粗糙的皮肤逐渐变得滋润光亮。柿叶作为柿花的先导，悄悄钻出个芽来，左顾右盼了一阵子，发现阳光是温暖的，风儿是柔和的，眨了个眼儿，柿花儿这才跟着往外钻。柿花可不像叶子，大大咧咧、皮皮实实。它有点儿腼腆羞涩，就像山里农家没有出过远门的闺女，出嫁时足将迈而趑趄。但也很奇怪，等到人们发现它时，已经是黄豆大的小花苞了，黄黄的，又有点白，在风里它学着叶子的样子，照样东张西望一阵子，等到没人注意的时候突然就绽放开了！盛开的柿花，淡淡的乳黄色，似白非白，似黄非黄，亦黄亦白，乍黄乍白；脱落的柿花，上部较薄的边缘慢慢变得红起来，再向底部较厚的四方口儿逐渐扩展，呈现出绛色——红色——白色的演变，以至最后全部变成暗红色，枯萎而干化。柿花略带一点蜡质感，小巧玲珑，但不像其他的花，纤薄得吹弹得破。柿花瓣厚厚的，活像一个个吊着的小碗儿，也就指肚儿大小，可千万个组合在一起，就成了偌大一片玉世界，把那些小蜜蜂挑逗得猴急，一路小跑地过来，花了眼，不停地围着转，还咋咋呼呼地嗡嗡叫，半天才瞄准一个目标，猛烈地一头扎进去，贪婪地吮吸它的蜜汁。柿花能吃，有一种别致的甜味。当然柿花蜜也是上乘的蜂蜜之一。

柿花儿的生命很短暂。当一个个小柿子像镶嵌在戒指里的绿宝石一样鼓囊而出时，柿花儿纷纷落下，很自觉的。脱落的柿花儿中间留下个方形的孔，犹如古铜币，若用细绳子串起来，就可做成手镯、项链和美丽的花环。这是女孩子们最喜爱的季节性玩具。她们或套在腕上，或戴在项上，高兴地手舞足蹈，甚至和小男孩一起玩起抬花轿的游戏，颇有些少年不识愁滋味的无忧无虑和天真无邪。其实，不只是柿花儿脱落，紧随其后，小柿子崽也落得满地，我老家人管它们叫"柿蛮豆"。

说到"少年不识愁滋味"，不由得想起了与柿花的一段苦难。

在旧社会乃至新中国诞生后的一段爬坡日子里，我家几乎每年春天粮都不够吃。用老人的话说，叫"青黄不接"。没办法，母亲就领着我到野外一颗一粒地捡柿花和"柿蛮豆"。然后晒干，磨成面，掺上糠和少量红薯面蒸成窝头吃，将就到新粮下来。说真的，那窝窝头涩得可真难下咽。如果不是饿得实在没办法，没有人会想吃这些东西。那天我自己去地里捡了一袋子，高高兴兴地背着回家。半路上碰到了一个外村人，他拿了一个陀螺和我换。因我太喜欢陀螺了。就用那袋子柿花和"柿蛮豆"

换了个陀螺。那后面的故事就不用说了，回家后母亲没有饶过我。

如今城乡人民都摆脱了贫困，天天大米白面。对年轻人来说，吃柿花和"柿蛮豆"简直是不可想象。特别是我最近回了一趟老家，看到儿时曾经玩过"摸树猴"、捡过柿花的柿树很多已消失得无影无踪了，不由得感慨良多。俗话说，旱柿子涝枣。就是说，越是大旱之年，柿子就结得越稠，而枣则相反，越涝结得越多。由此可见，柿树、枣树可真是农民的救命树。除了柿花和"柿蛮豆"能救荒外，成熟的柿子还可以晾成烘柿、溇成溇柿、晒成柿饼，都特别甘甜好吃。可以说，柿树在那特殊的历史时期，对山区农民度过荒年是立了大功的！由此我想到了《天台山方外志》关于菩提树的记载："相传谓西天梵僧游化于此，人得饭之，乃遗报此菩提树种。树如柿，花亦大同。"我没有见过菩提树。这么说来，菩提树不仅和柿树样子差不多，而且开的花也很相像！其实照我看来，柿树就是菩提树！西天梵僧所谓之菩提树，其实也就是因为"人得饭之"；同样，推而及之，也就应该把柿树称之为菩提树，普度众生的菩提树！

柿树是如此神圣，它的花也就永远开在我的心里。

小院里的夹竹桃

　　记不清是哪一年，哪位热心的人在院子里栽了一棵夹竹桃。起初并不显眼，几乎没有人注意它。可是，不知道啥时候，突然间就成了家属院的明星。人们惊异于它不露声色的闪亮登场，好像它是从天上掉下来的。

　　院子里的这棵夹竹桃说不清是灌木还是乔木。从最底下看好像是三棵树干。其中一棵一直往上长；另两棵在离地1米处分叉，到2米多就变成了6支向四周倾斜的粗枝，继而发散出数十条乃至上百条整体如同蘑菇状的辐射枝条束。到了5月份，夹竹桃就开花了，一直到11月，花期长达半年多。夹竹桃，有的地方叫结籽桃。所谓夹竹桃之名，乃因它叶如竹、花似桃。明朝诗人、诗论家王世懋《咏夹竹桃》之一云：寂寞谁相问，清斋隔世嚣。忽遗芳树至，应识雅情高。布叶疏疑竹，分花嫩似桃。野人看不足，常此对村醪。我心与王世懋相通，与夹竹桃几乎到了"相看两不厌"的境地。

　　我家住三楼。院子里的这棵夹竹桃正对着我家北面的窗户。因此，我只要往窗前一站，就自然而然地看到它了。夹竹桃开花，一般都是在桃杏花落败到坐果的暮春时节。夹竹桃的枝条很柔软，叶片细长，有几分像柳，亦有几分像竹，特别是叶子，但比柳叶、竹叶厚重，仿佛涂了一层蜡，很有沧桑感。初生的花骨朵，好像是从嫩枝上爆出来的。它的花不开则已，一开就收不住，越夏历秋，直到冬初。

夏日中午，我最爱趴在窗子上看夹竹桃。当天空骄阳似火的时候，可以说，没有几种生物不避其锐锋。你看，偌大一个院子，空荡荡的。那种有腿的，能飞的动物家族，包括人类，都纷纷躲到阴凉的地方去了；而那种不能挪窝的植物群体，大都耷拉起了脑袋或把身体缩作一团，一副可怜兮兮的样子。可夹竹桃不一样，它就像一个孤胆英雄，摆出一副威武不能屈的架势，不仅花照样开，而且满枝满树，更加轰轰烈烈，更加娇艳恣肆，好像一点都不惧怕烈日的淫威。数月下来，在毫不屈服的夹竹桃面前，太阳实在坚持不下去了。于是，只好收敛了一些光和热，转而把和煦的阳光洒向大地，希望用"温柔一刀"制服夹竹桃。可是这只是太阳的一厢情愿。此时的夹竹桃不仅表现出了它坚强的一面，而且还特别表现出了它坚韧的一面。它对太阳说，来吧，对着我来吧，有多少热量都对着我来，看我们谁能坚持到最后！要说，夹竹桃和太阳的斗智斗勇在早春的时候就开始了。那时太阳仅仅是把"喷火器"的阀门刚刚打开，机警的迎春花就开出了"报警"的黄色小花，向夹竹桃传递出了太阳要来炙烤大地的消息。于是，夹竹桃就勇敢地站出来了。当然，它的那些战友们，如桃花、杏花、海棠、丁香、石榴花、凤仙花、荷花，等等，也先后披挂上阵，给夹竹桃助威。可是，尽管它们也在院子里喧嚣了一阵子，表面上开得花团锦簇，葳蕤缤纷，热热闹闹，但都是银样镴枪头，抵挡不了三刀两枪，就败下阵来了。唯有夹竹桃，就这么夜以继日地坚持着。既不搔首弄姿，大红大紫；也不愁眉苦脸，萎靡不振。它一以贯之，花朵不断，花香不断，发扬着韧的战斗精神，不屈不挠，奉陪到底，直到太阳说，我惹不起，还躲不起吗？这才和太阳息兵休战。

其实，人们喜爱、敬佩夹竹桃，更多地被夹竹桃所感动，其和烈日的搏击仅仅是一个方面。除此之外，还因为它勇敢地承担起了保护家属院环境、净化空气的重任。疾恶如仇的夹竹桃最不能容忍有毒有害气体、烟尘到处肆虐。它的叶片似乎是神奇的吸附器，能迅速把空气中的二氧化硫、二氧化碳、氟化氢、氯气等"吃掉"。特别对二氧化硫，可以"吃掉"高于自身正常含量 7 倍以上而神态自若。当然，事物都有两面性。夹竹桃枝叶里的汁液对人有一定毒性，一定要小心。

小院里的夹竹桃就是这样一个头顶烈日、身抗污染的勇士。

朴实无华的小麦

在古代，华字的本意就是花，故而先从花儿说起。

通常而言，人们喜爱的花儿不外以下四种：一种是花朵很大、很漂亮的，如牡丹、芍药、荷花。一种是花的气味芬芳悠长，香气袭人的，如桂花、米兰、丁香。还有一种是开花时间很特别、很有个性的，如梅花、迎春花等，大冬天里开花，不同凡响；还有铁树和昙花，一个是多少年开一次花，一个是开花时间很短，可谓"物以稀为贵"。最后一种是不管漂亮不漂亮，也不管芬芳不芬芳，但能作为菜蔬，供人食用的，例如榆钱、槐花、萱草花等，很实惠。除此以外，还有一种植物的花，尽管从欣赏的角度看，很难与上述那些姊妹花媲美，但人们更关心其命运，这种花就是小麦花。

小麦开花，农民亲切地称之为扬花。如果这时出现连阴雨，就会因授不好粉而影响小麦收成，农民就会很忧心。故而小麦花不是开在人的眼里叫人看哩，而是开在人的心里叫人念哩。

小麦花很小，小得让我们连她的样子都看不清楚；小麦花也不鲜艳，淡白，有一点点的黄，香味同样是淡淡的，可以说没什么看头和嗅头。更让我们不解的是，小麦花开得时间很短，一般只有15～20分钟，比昙花一现还短。有人说，小麦是所有植物中开花时间最短的一种。我不知道这是不是事实，但小麦花如此低调、如此朴实，一点也不去表现、炫耀自己，真的让我震撼。我们知道，小麦的生命周期非常短暂，只有220天—270天。而她开花的那个阶段是她的青春期。按照世俗的看法，小麦在这时候应该尽量光鲜一些，把自己打扮得漂漂亮亮，也不枉来人世走一回。可是，小麦不这样想。他觉得，正是因为生命短暂，她才不要虚度，才要抓紧时间，努力提升生命的质量。于是，小麦远离了美丽，拒绝了享受，摒弃了自我，戒掉了浮华，选择了唯实，让自己所有的一切都围绕着奉献这条主线，尽量把开花这个必须经过的孕生籽实的过程缩短、简化、淡化，一俟授粉结束，马上就毫不张扬地奔向那个结出籽粒的最后结果。

"小满天逐热，温风沐麦圆"。小满过后，小麦的籽粒开始鼓胀饱满，到了芒种就完全熟透了。

与莲的"出淤泥而不染"不同，小麦一方面是"出于土而秉承土"，和生长她的土地保持一个肤色，和照管她的农民保持一个肤色，身上周流着他们的血脉，传承着他们的基因；另一方面是"出于土而献于土"，给大地母亲和农民父亲献上实实在在的、一点也不掺假的籽实作为报答。每当我看到从收割机里喷出的土黄色也是金黄色的麦流时，我明白了啥叫朴实无华；每当我看到一袋袋雪白的面粉时，我明白了啥叫纯洁无瑕！

小花，低杆，细穗……既没有轰轰烈烈，更没有大红大紫，一生平平凡凡，简简单单，却结出了世界上最现实的、最无可比拟的籽实，养活了亿万人，这就是微小而不渺小、平凡而又伟大的小麦。

落红不是无情物

落红不是无情物，化作春泥更护花。这是龚自珍的名句。

我不知道龚自珍是怎样"发散思维"的。落红不就是落花吗？化作春泥应该"更护根"才对呀，怎么反倒成了"更护花"呢？自己护自己有意思吗？

没有根，哪有花。花无论多么美丽，多么光鲜，多么高高在上，多么受人追捧，但终究是靠了被埋没了的有些丑陋的根才有今朝的。根虽然始终和花同呼吸，却没有和花同风光。根从没有见过光明，也从没有直起过腰身，始终在黑暗里佝偻着纤弱的身躯，不屈不挠，不急不躁，一心一意，曲曲折折地向纵深处开拓，为花的凌空开放觅取水和养分，而且向来不会羡慕嫉妒恨。

但花也是有情意的。花风光了一季，就会"花落归根"，化作春泥，感恩、回报供养自己成长的根。

根是花的立身之基和力量之源，花是根的信仰之神和希望之帜；一个要把牢底坐穿，一个要让大地红遍。

花之所以受到人们的喜爱，不只是因为花儿美丽、芳香，还因为花儿始终坚守自己的初心，从不忘本，知恩报恩，回归、回馈得完全彻底，义无反顾，无怨无悔。

于是，第二年，根又一次将花高高托起……

月为谁明

一年三百六十五天，只有中秋的月才能照到人的心里面。本来，月亮的周期是一"月"，但具体到中秋的月，它的周期就是一年了。

中秋的月是一年之中最亮的，据说是因为"地上一年，天上一日"，而且"八月十五"是天宫的早晨。嫦娥起床后，对着"银镜"哈了一口气，而后又把它通体擦拭了一遍，故而不仅整个天空秋高气爽，而且月亮纤尘不染，锃明锃亮。

我很感谢上帝在造太阳的时候还造了一个月亮，让人们在白昼和黑夜之间享受到了介于光明与黑暗之间的第三种"说亮不亮、说黑不黑"的状态。当然，这个中间状态并不是简单的亮和黑的折衷，而是一种朦胧的状态，一种诗意的状态。尤其是中秋的月，挂在澄净的天空中，光华如水，波浅如梦，在皮肤上漾着，气温又是那么的不冷不热，还有适宜的空气湿度，丝丝飒爽的秋风，使人有一种在爽滑的山泉中泡澡的感觉，周身都是舒适的。这时候再仰望那轮皎洁的明月，那眼睛的清爽，那脑子的灵动，都让人物我两忘了。

从前，月亮的三分之一是为贫穷的人而明的。我的少年时代没有"遭遇"上电气文明，又生活在贫瘠的山区，所以特别害怕夜的黑，也特别能感受到月亮的亮。杜甫说"月是故乡明"，在这点上我们很一致。但同是一个故乡，我却觉得少年时代的那个月更明。仔细想来，怕是那时候故乡穷的缘故。在那没有月亮的漆黑的夜晚，我不敢、也没法摸黑出门。可只要出了月亮，我就不会困守在破旧的黑灯瞎火的窑洞里，会和小伙伴们一起到家门外狂欢。我家大门外边和邻居的结合部，是一个约有 100 平米的"小广场"。月上东山后，和我年龄不相上下的男孩子，大约有十几个，有时是一大群地疯跑，有时是捉迷藏，或藏到大树背后，或躲到大石侧面，有"捉"的，更多的则是跟着起哄。还有一种"叨鸡"的游戏，大家捉对儿厮叨。方法是单腿点地，另一条腿弯曲成水平状态，用双手或单手握住脚踝，"咯噔"着和对手顶膝盖。哪一方连连后退失去平衡状态，乃至摔倒算输。那些女孩子，有围在一块"织仔"的，有听大人讲故事的，也有个别性格开朗、争强好胜的"假小子"，和男孩子摽着"捼软腰"、翻跟斗、"蝎子粘墙"。有时候直玩到月移西墙，才逐渐散去。

　　月亮还有三分之一是为那些别离的人而明的。中秋的月虽然是满月，很亮，但认认真真地赏月的人心中大都有一丝惆怅。因为他们在思念着远方的亲人。我们村子中间有一户人家，只有母子二人，那个做母亲的当时不过 30 岁左右，人也长得漂亮，可是她的丈夫建国前去了台湾，一分离就是几十年，杳无音信，每逢中秋她都会对着月亮发愣。巧的是，他们家有一座明朝时建的 500 多岁的高楼，有几年的中秋她都是登斯楼而神伤，对着东南，暗暗垂泪。人都知道，月亮能够引起潮汐的变化。但很多人不知道月亮也能影响人的情绪。美国芝加哥里斯博士认为，"月圆时容易使人不耐烦，易激动，而引起心绞痛发作……"由此看来，中秋月对那些身陷思念中的人来说是雪上加霜，它不仅使你的思绪更加缠绵痛苦，还会致病。上边说到的那个美丽的妻子，就过早地显现了憔悴……不过，令人高兴的是，改革开放后，她的丈夫从海峡彼岸归来，实现了全家团聚。

月亮剩下的三分之一是为那些文人骚客而明的。月亮和人一样，是有思想感情的。它高高挂在天上，一样需要赏识，需要情感的抚慰和交流。可是和月亮对话的人必须有丰富的学识，敏锐的才思和高超的语言表达能力。因此，也就只有文人骚客能够担纲这样的角色。从古至今，关于月亮的那些名言名句，基本都出自大文豪之口。例如李白，他的咏月的诗句简直是说来就来。最著名的就是"床前明月光，疑是地上霜。举头望明月，低头思故乡。"还有"花间一壶酒，独酌无相亲，举杯邀明月，对影成三人。"以及"明月低轩窥烛尽，飞花入户笑床空。"简直把月写得有貌有神，活脱脱一个生活在人世间的成员。其他还有杜甫、苏东坡，也都是月亮的知音。苏东坡的"但愿人长久，千里共婵娟"唤起了多少天涯游子对亲情、对团圆的憧憬！可以设想，如果没有月亮，许多大诗人、大文豪都要逊色许多，在一定意义上是月亮成就了他们的诗名，而同时，又是他们赋予月亮以鲜活的生命魂魄，使月亮更加美丽可爱！

至于其他人等，由于他们对月亮的存在——阴晴圆缺，没有多少在乎，所以月亮当然也就不愿为他们而明的了。前些年，不是有人提出要炸掉月亮吗？试想，在这些人面前月亮怎么高兴起来呢？

如今时代变了，贫穷的人和异地分居的情人越来越少。相反，倒是有文化、有品位、有情调的人比比皆是。于是，月亮的光辉就尽情地向和谐社会的人们挥洒。幸福的、美美满满的现代人，舒心地边吃月饼边赏月吧，月亮会因人们不再贫穷，心灵不再有忧伤的阴影而更加硕大明亮。

中秋月

　　月亮从东山头上升起，虽然还不是十五，但中秋的"月"味已经浓郁。这味道像一只神奇的魔手，悄然地伸进我记忆的湖底，把在历史上"复制"的，或按下"保存键"收藏的几度中秋月打捞到了我的面前。

　　第一个被"保存"下来的是公元1076年的中秋月，这是永载史册的最为辉煌的一度中秋月。当年，一代文豪苏轼正任密州（治所在今山东诸城）知府。据说这个职位是苏轼"要"来的。两年前，苏轼在杭州（今属浙江）通判任上，他的弟弟苏辙任齐州（治所在今山东省济南市）掌书记，两人已经4年没有见过面了。由于政治上郁郁不得志，苏轼更加想念弟弟。于是就"走后门"来到了密州，以期能与弟弟经常见面。但是想归想，两兄弟依然是阻隔如天河。时光如梭，一晃又是两年，到了中秋之夜，苏轼登上密州超然台，仰望穿顶玉蟾，不禁心潮起伏，又一次地想起了不过四百里之遥却不能见面的弟弟，于是借着酒兴写下了那首脍炙人口的《水调歌头·明月几时有》。他在词前的小序中说："丙辰中秋，欢饮达旦，大醉，作此篇，兼怀子由。"丙辰，就是北宋神宗熙宁九年（1076 年）；子由，就是苏辙的字。所谓"兼怀"，实乃"主怀"。也许我是以小人之心度君子之腹吧，我认为，苏轼之所以写这首词，主要目的就是怀念弟弟。

苏轼真不愧是诗词大家，开头一句"明月几时有？把酒问青天"就把人们带进了梦幻世界。你看，他就像虔诚的教徒一样，端着酒杯庄重地询问青天，"天上的明月是何年何月有的"？既充分显露出他率真无瑕的性情，也隐约地流露出一丝对人生的无奈和伤悲。如果你大胆设想的话，似乎他又是在进行科学探索，要揭开宇宙的秘密！不管如何，他的千古之问"起舞弄清影，何似在人间"至今也还萦绕在人们心头。有生就有死是人类永远都无法回避的宇宙法则，谁不想长留人间呢？在词的下阕，苏轼实实在在地怀念起子由了。在他的想象中，月辉悄然溜进子由的卧室，如手一般轻轻地在子由翻来覆去难以入睡的身体上摩挲滑动，似乎听到子由怅然喃喃道："何事长向别时圆"……

第二个被"保存"下来的是公元 1077 年的中秋月，这是一个最有情致的中秋月。公元 1076 年冬，苏轼得到移知河中府（治所在今山西永济市蒲州镇）的圣旨，离密州南下。次年春，苏辙自京师往迎，兄弟同赴京师。抵陈桥驿（即今河南省封丘县城南 15 公里的陈桥镇）时，却又接到改知徐州（今属江苏）的任命。四月，苏辙又随苏轼来到徐州任所，住到中秋以后方离去。那是怎样一轮倾泻着光华的明月啊！七年来，他们兄弟第一次同赏蟾光，激动的心情可想而知。苏轼写下了一首名叫《中秋月》的诗，苏辙则以《水调歌头·徐州中秋》的词相和。诚然，中秋月明，兄弟聚首，当尽情欢乐，不负良辰美景。不过，恰如明月满后必亏一样，兄弟的相聚其实就是再次分手的开始。于是，面对"银汉""玉盘"，苏轼生发出了"此生此夜不长有，明月明年何处看"的感慨，苏辙也表达了"明月不胜愁""依旧照离忧"的忧思。真乃是"今夕何夕，明年何处"，兄弟二人一时间心中悲怆，"相对如梦寐"，成了闷葫芦。

此时天空中的月亮好像也不忍心直接面对他们悲伤，就隐进云朵里偷窥，直到他们破涕为笑才又走出了"帷帐"。

天下没有不散的宴席。终于，苏辙要回去了，一向旷达的哥哥又作好言相劝："兄弟，'明月不胜愁'……词是好词，但何苦太悲！"为了开解苏辙，苏轼借东晋谢安（字安石）故事，吟《水调歌头·安石在东海》词，设想兄弟晚年"退而相从之乐"："我醉歌时君和，醉倒须君扶我"，温情脉脉，感人肺腑，让苏辙消极萎顿的情绪一扫而光，于是苏辙翻身上马，绝尘而去。

第三个被"保存"下来的是公元 2009 年的中秋月，这是一个曾经让我一遍又一遍地祈祷永驻人间的中秋月。2009 年的中秋我是在老家度过的。在落日的余晖中，我和弟弟上了小楼的楼顶。弟妹搬过来一张桌子，摆上石榴、苹果、梨等新鲜的水果，当然还有月饼、几碟小菜和一瓶薄酒，等待月亮的出现。正说着话，不经意间，月亮就像一个在大树上"摸树猴"的顽皮儿童那样，突然拨开树枝，"放出白毫千丈，散作太虚一色"。弟弟把茶杯递过来，氤氲的热气袅袅上升，渐渐消失、融合在了溶溶的月色里。我看得出了神。就想，这月华到底是什么东西？你看，它就像轻纱薄雾般弥漫在太空里，温馨、静谧、清爽、脉脉渺渺、如幻如梦、若有若无，能清楚地感觉到却抓挠不着。啊，这不就是情吗？难怪人们会在中秋夜赏月，原来不是赏月，而是静下身心来体味、升华人间的真情！我扭头看了一眼弟弟，蓦然刮来一阵清风，伴着一阵蟋蟀的鸣叫，一片发黄的梧桐叶落到了我的头上。我顺手摘下来，摩挲把玩，心想，为什么首先落下的是你？不由油然而生怜悯之情。接着又把叶子贴在嘴唇上，一个劲地亲吻着，并抬头看着幽远的天际，颇感玄奥。

我从青年时代离开家乡，几乎很少回来过中秋。去年之所以打破常规，是要慰藉一下弟弟枯萎的心。年初的时候，在家务农的弟弟发现自己得了不好的病症，一时心情分外沉重。要说弟弟才刚五十出头，而且是我们七个兄弟姊妹们中最小的一个，应该来日方长。可是，天命难测，最不该走的人却要提前上路。一时，我们家平静安逸的生活阴云密布。弟弟先后到郑州、开封治疗，但效果不佳。好歹熬到了中秋节，病情明显加剧。虽然说我们兄弟姊妹们全部动员起来，不惜倾家荡产，也要挽留弟弟的生命，可是在命运面前，再强的人都是弱者。就在过了中秋节不久，弟弟最终离开了我们。

中秋月无疑是一年中最大、最美、最圆、最亮、最动人心魄的。可是中秋月的背后却是淡淡的凉意和默默的伤感。圆了，也就该缺了；聚了，也就该散了。苏子发出"但愿人长久，千里共婵娟"的蕴涵着哲理的千古名言后几个月，很快他们兄弟就见面了，而且共度了第二年的中秋佳节，可我们兄弟呢？我的眼眶湿润了。我想，在2010年的中秋月夜，我只能仰望昊天，孑然独处了！

苏子说得对，此事古难全。能看破的，不仅仅是生离，还应当有死别。但愿在圆圆的中秋月中，能绰约看到弟弟含笑俯瞰人间的样子！小弟，高处不胜寒，注意添加衣服！

中秋赏月

天上的月亮翻跟斗，缺了圆，圆了缺，翻到中秋呈皎洁。

地上的人们度日月，别了聚，聚了别，度到中秋暂憩歇。

又是中秋，又是中秋夜，又是中秋月。

中秋一词最早见于《周礼》。中秋赏月的习俗可以追溯到商周。为何人们钟情于中秋赏月呢？南宋京镗《水调歌头》词说得最好："明月四时有，何事喜中秋？瑶台宝鉴，宜挂玉宇最高头。放出白毫千丈，散作太虚一色，万象入吾眸。星斗避光彩，风露助清幽……"中秋之夜，银蟾光满，月色幽明，沏上一壶清茶，家人亲朋团聚小院，遥望云天，共赏明月，吟诗作对，可真是人生第一等雅兴快事！

月华如水，掬起一缕月光，如梦往事，齐拢指尖；秋凉似雾，点燃一盏心灯，似幻旧情，皆现眼前。中秋节又名团圆节，团圆虽然令人高兴，美满幸福的生活亦使人陶醉，但人们心头未免总会有那么一点小小的遗憾，就是觉得月亮不像期待中、想象中的那样明亮。

啊，怎么会这样呢？应该说，天地无私，古今中外的月色都是一样的。但是，由于人们的主观情感不同，不少人都还魂牵梦萦着别处的中秋月，认为月明只在另处。

最著名的是杜甫的说法："月是故乡明。"

故乡的中秋月之所以明，是因为她不仅为祖先，为父母照过路，而且还一直照在先人生活过的土地上，照在他们居住过的房屋上以及野草丛生的坟茔上。不仅如此，故乡的月亮还穿有家乡父老为她编织的童话服，戴有家乡父老为她做的故事帽。也就是说，故乡的中秋月不仅是天帝的女儿，还是故乡的女儿，她有一多半的身世是故乡滋养出来的。就拿杜甫家乡中州来说吧，是中州人用《嫦娥奔月》为月亮送去了一个伴侣嫦娥。嫦娥不能亏待自己的家乡吧。

当然，还有一种原因，即迫于生活的压力，羁旅他乡，游子思家而不能归，故而只能望明月而兴叹。不过，在交通、通讯现代化的今天，这个问题已不像古代那么严重。

还有一种说法叫"月是少时明"。

少年时的中秋月之所以明，在于少年的眼睛最清纯明澈，少年人对月亮的好奇心最富。有人回忆说："中秋月色下的蛐蛐在尽情地弹唱着，这声音悠扬富有弹性，连同那溶溶月色组成了一个神话般的世界。听着蛐蛐的弹唱，让我情不自禁地想起了自己的童年。""月亮从海棠树的枝叶间慢腾腾地爬上来，斑驳陆离地照在瓦房上。我看到月亮上蓝色的云，那图案隐隐约约的，像山、像雾、像海。"确实，少年人是能从月亮上看到很多东西的。但成年人或者老年人就差许多。谁让我们的视力下降了呢？再说，成年以后，人们对月亮司空见惯，少了热情，自然就觉得她不如少年时明亮了。

更有一种说法是"月是山乡明"。

如今在城市里过中秋，真是味同嚼蜡。主要一是空气质量差，二是灯光特别明亮，相形之下，月光再亮，也被阻隔或者对比得暗淡了。但在偏远的山村，则是另一种情形。由于空气特别清新，无污染，也没有大面积、大功率的灯光掺和，因而月光一泻千里，照得大地如同白昼。

如今的我已经上了岁数，而且远离故乡，生活在城市里，故而早就没有了中秋赏月的冲动。但是，毕竟是传统节日，毕竟还想保有一颗童心，那就只能像辛弃疾那样，为作新文而强说"赏"了！

第二辑　格物致知

窗

唐才女上官婉儿诗云："霞窗明月满，洞户白云飞。"女皇武则天诗云："山窗游玉女，洞户对琼峰。"临窗凭几的感觉真美。

窗之于房，犹如皇冠上的明珠。

住集体宿舍时，我特爱傍窗而居。就是坐火车，也爱坐临窗的座位。所以很年轻的时候，我就记住了车厢里靠窗的座号尾数：4、5、9、0。据说，某国某公司甚至规定，和他人一起出差时，靠窗的座位一定要让给长者。

窗口犹如万花筒。

明末清初的学者李渔认为，"开窗莫妙于借景"。李渔还把船之两边的窗叫作"便面"。他说："船之左右，止有二便面，便面之外，无他物矣。坐于其中，则两岸之湖光山色、寺观浮屠、云烟竹树，以及往来之樵人牧竖、醉翁游女，连人带马尽入便面之中，作我天然图画。且又时时变幻，不为一定之形。非特舟行之际，摇一橹，变一像；撑一篙，换一景，即系缆时，风摇水动，亦刻刻异形。是一日之内，现出百千万幅佳山佳水，总以便面收之。"

窗其实就是另类的门。当人类穴居时,恐怕是只有门没有窗的。最初的窗也许就是一个小洞。但就是这个小洞,给房带来了光明,使室内洞然,室外豁然。但在古代,窗的大小不只是受生产力水平的限制,还为安全所制约。原因在于,外面的世界虽然很精彩,但外面的世界也很无奈,不仅有野兽,还有盗贼。

现代人的窗子,虽然其豪华与大气令古代的窗子难望其项背,却加上了煞风景的防护网,着实让人无奈。

窗与门既有些相似之处,也有自己的特点。

窗外大世界,窗里小乾坤。在《围城》里,钱钟书说,外面的人想进来,里面的人想出去。钱所说的进出,一般应理解为通过门。门,究其实质,是让人光明正大经过的。所以,门就可以称之为"人门"。然而,也有一些另类的人不敢或者不愿从门经过,而要从窗进出。这种人往往怀有不正当的目的,或者担心别人认为他们怀有不正当的目的。于是,窗就很有些诡谲的意味了。如果也以什么门命名窗的话,就可以称之为"鬼门"。你可以想象得到,盗贼更钟情于窗。还有,谈情说爱的男女,在没有公开之前,也有很多是通过窗传递信息的。"骑马倚斜桥,楼上红袖招",这是令韦庄多么难忘的一幕啊!当然,更有西门庆之流,也是窗的"受益者"。窗的另一个名字叫牖。牖,与诱同音。所以,房主千万要警惕窗的副作用。

窗有东西南北,唯东窗令人"犯怵"。据说,当年大奸贼秦桧与其妻王氏合谋害死岳飞,就是在东窗下密谋的,于是有了成语"东窗事发"。

除了东窗,其他各面的窗子都唯美。西窗可称为爱情之窗。李商隐"何当共剪西窗烛,却话巴山夜雨时";杜牧的"无端天与娉婷,夜月一帘幽梦";苏轼的"小轩窗,正梳妆",都是令人浮想联翩的很有情趣的情侣恩爱画面。现代人还把一段恋情结束到下一段恋情开始的时间称为"空窗期"。至于南窗、北窗都堪称读书休闲之窗。陶渊明:"倚南窗以寄傲，审容膝之易安。"李白："清风北窗下，自谓羲皇人。"其他还有白居易、黄庭坚、陆游等人，均有关于北窗的诗。

寒窗用来形容苦读，同学谓之同窗。由同窗变成爱人的男女同学还真不少。梁山伯和祝英台是典型的一对。

以"窗"字入诗的名句首推杜甫"窗含西岭千秋雪"。好唯美的一幅山水画！

上帝在关上一扇门的同时，会给我们打开一扇窗。当我们无门可走时，为什么不转向窗试试呢？

窗是上帝给我们预留的人生备份。当我们对某人和某事绝望时，夺口而出的话就是"没门"！没门能怎样？没门不应是死亡的代名词。所以，没门的时候要找窗。只要有窗在，哪怕一个很小很小的窗，光明就在，希望就在。

你站在桥上看风景，看风景人在楼上看你。窗就是别样的桥！

心灵犹如房子，同样需要窗户。口者心之门，眼者心之窗。但如果仅是生理意义上的眼睛，这眼睛就只是盲窗，即徒有窗的样子，处于关闭状态，进不来光明和新鲜空气。怎样打开心灵的窗户？唯一的办法就是学习。源源不断从窗外得到知识之光滋养的心灵才堪称真正的心灵，才能够正确主宰、驾驭人的言行。

窗，物小而蕴大，有"须弥芥子，大千一苇"之义。

瓦

一说瓦，人们首先想到的是青瓦。青瓦也叫阴阳瓦。南方美称为蝴蝶瓦，俗称布瓦，是一种方而有弧的瓦。

瓦，说普通也普通，说不普通也不普通。

有句话叫"破砖烂瓦"，还有句话叫"宁为玉碎，不为瓦全"。好像瓦是世间最粗俗、最价廉之物似的，殊不知瓦从有它的那一天起就非常尊贵。从周秦汉唐至民国，瓦对于许多人来说，都是高高在上，可望而不可及的奢侈品。即便到明清，能够住上瓦房的人也占不到总人口的三分之一。说实在，当今住高楼大厦的人，是很难体会到住草房的老百姓对瓦房的渴望的。我父亲曾对我说，爷爷一辈子省吃俭用，立志要盖三间瓦房，但直至去世，也没有一片瓦。

说瓦普通，无非是瓦的出身没有什么特别之处。从本质上说，瓦的前世就是粘土，是被人随意踩在脚下的最司空见惯的东西。但是，一旦某些粘土被注定要走上新生之路以后，便得经历一番脱胎换骨的改造。人们先是把这些散漫的黏土加水搅拌成泥，接着被工匠塑造成规矩的形状。然后，把它们送入窑炉，以烈火锻烧，硬化后再以水沏之，最后才成了青灰色的瓦。瓦其实就是粘土的一种蜕变和升华，这个过程可谓水深火热。

说瓦不普通，是说粘土一旦成瓦之后，就不可再对它等闲视之了。它由被人践踏的低贱货变成了被人举过头顶的高贵神明。一片一片的瓦，手拉手，肩并肩，纵横交错，构成了一大片朗朗乾坤。它们居庙、堂之高而君临天下，成为没有谁不仰视、膜拜的王者。

瓦尽管居于高位，但它从没有忘记自己的责任。为了让人们居有定所，瓦轮番忍受着太阳的炙烤和冰雪的冻压。当然，还有雨打风欺。苏东坡曾说："高处不胜寒。"其实苏大学士只说对了一半。高处岂止是不胜寒，盛夏时节暴晒在太阳下面火辣辣的滋味也不好受呢！不过话又说回来，尽管高处有着这样那样的痛苦煎熬，但毕竟风光无限。它第一个迎来朝阳，最后一个送走晚霞。所以不少人还是对瓦有些羡慕嫉妒恨。

首先来与瓦搅局的是青苔。青苔虽然很想站在高处风光一把，但由于上面的生存环境实在太严酷，故而总往瓦片之间的罅缝里钻。青苔附生于瓦上犹如瓦锈，是在温柔地夺走瓦的生命。不过，青苔的多寡也从一个侧面记录着瓦的年龄和房子的历史，犹如树木的年轮。

青苔都敢如此放肆，草和瓦松的勇气也来了。它们全然不顾瓦的感受，和青苔一样，在瓦的缝隙间挤破脑袋往上拱。尤其可恶的是狗尾巴草，压在瓦身上不说，还不停地东摇西晃地显摆。它们的腿越伸越长，把瓦挤得歪三扭四；它们的脚硌碎了瓦的身子，开始使房子一点点地透风漏雨。青苔、草和瓦松很像朝廷上由小人勾结在一起的邪恶势力。当它们把以众瓦为主体的忠臣良将排挤、打压得支持不住时，房子就完蛋了。

瓦其实是能屈能伸、能上能下的。

瓦可不是整日里端着一副方方正正的面孔，不苟言笑。它有直有曲，凸凹有致，非常和蔼可亲。瓦在很多情况下会充当建筑物的美容师。

一栋房子的窗户如果只具有实用功能，便不成真正意义上的窗户。除了木窗、砖窗、钢窗、玻璃窗之外，别具一格的便是瓦窗。瓦窗其实很简单，就是利用瓦的天然弧形，以一正一反两两相错或同正同反两两相接的手法，构成式样繁多的四方、二方连续图案。与砖窗相比，瓦窗更多了一种流动圆活的曲线美；与木窗相比，瓦窗美观大方，省工省时。总之，瓦窗能够别出心裁地使窗户呈现出富于变化的玲珑剔透美感，可谓物美价廉。瓦窗尤其适合园林建筑，统称之为"花窗"。

最近，我回了一趟老家。整个村庄只剩下为数不多的几间破旧的瓦房，零星地矗立着，暮气沉沉。老家本来瓦房就不多，如今，更是被一幢幢的平顶楼房所代替。我仰望着村中央那座有着近五百年历史的明代楼房上的瓦，想到它会不会最终也被请下神坛，便心痛起来。

故乡的瓦，朦朦胧胧的一抹青色，是记忆中的一片天。

锄

锄是最受农民喜爱的农具之一。锄不仅能中耕除草保墒，还能点种、施肥、挖坑，用途广且出勤率高。锄，堪称劳动模范。

锄的形状也很有意思。锄头两侧呈梯状向上渐渐收拢至锄脖，上窄下宽，上厚下薄，曲直过渡得非常自然。锄，如游鱼般穿行于田垄之间，除草如行义，保墒如用智，非常灵活机动。锄，俨然聪慧的智者和劳者。

锄对禾苗和杂草爱憎分明，锄恶扶善，是农民最忠实的朋友。同样，那些老农也都把锄当作宝贝心肝呵护。尽管老农的手粗糙干涩，却把锄把儿磨得光润油亮。尤其对那锄头，更是随时擦拭，明亮得照见人影。锄为何与农民这样融洽？东汉刘熙的《释名·释用器》说出了真谛："锄，助也，去秽助苗长也。"原来锄一生来就把自己定位成农民的助手，既很有大侠的仗义，而且也很谦虚。锄，真是乐于助人、见义勇为的贤士。

锄，吃的是草，奉献的是甘露。

如果把庄稼比作田地的秀发，锄就是田地的篦梳。

秀发越梳越长，篦梳却越梳越短。

成就了别人，却损伤了自己。

锄其实是有着不俗的出身的。

锄的生命缘起于特殊的石头——铁矿石。铁矿石投胎于炉火，炉火的高温赋予它了一颗火红的心。出炉后它趴到铁砧上，接受千锤万击的锻炼。它咬着牙坚持，泪花四溅。随着渣宰逸出，金身逐渐成形。这个内外兼修的过程，不仅使其内在因纯粹而坚强，而且也使其外形因锋利而果断。

锄从周朝出世起，已经有三千多年。锄不知道除掉了多少恶草，也不知道增产了多少粮食，更不知道养活了多少生灵！

但是，如今却出现了大面积的"锄者忘其锄"的现象。当然不是因为罗敷，但比罗敷更有杀伤力。

挂在农家屋檐下的锄已锈迹斑斑。

"马思边草拳毛动，雕盼青云睡眼开。"对于一个劳动者来说，整日里无所事事是最大的痛苦。

悬挂着的锄，乍一看，俨然是一个以手遮荫，翘首远眺的情人。她还在痴痴地想念着久违的庄田——她的爱人。那些麦苗儿都还好吗？田野的上空是否依然蔚蓝，是否还有鸟儿欢唱？那阡陌纵横的田地，是否依然如同老农大哥布满皱纹的脸，深邃而沧桑？还有，人们是否还聚集在村外的小河边，"稻花香里说丰年，听取蛙声一片？"

悬挂着的锄，再一看，又像一个大大的问号。它很焦急地在问，我还要被边缘化多久，我真的已经饿了！我要吃草呀！难道——

这时，一辆收割机嘟嘟嘟地开了过来。它好像听到了锄的喃喃自语，就对锄悄悄耳语道："兄弟，你怎么还在这里呀？难道你不知道，凤凰每500年浴火重生一次吗？而你都已经近三千岁了，早该涅槃了！"

"是吗？"锄一脸茫然。

"是呀！其实我投胎之初也是准备做锄的。但是，当我投进火炉时，已经有一些其他农具兄弟回来，要浴火重生。它们对我说，都啥年代了，应该与时俱进，投胎成农业机械。于是，我们以收割机的面貌来到世上，为人民立新功。"

"啊，原来这样！"锄有些失落。

"还犹豫什么？历史再悠久，从前再辉煌，也只是历史和从前。"收割机说，"时代在飞速前进，不能抱住老皇历不放，和我比一比，难道你不自惭形秽吗？你还犹豫什么？"

锄的内心如同熊熊燃烧的炉火。"是啊，我还犹豫什么呢？"

"农民大哥，忘就忘了吧。还有那土地，千般恩万般爱，难以割舍也要割舍。希望大家都不要'无为在歧路，儿女共沾巾'了，因为我涅槃以后，还会回到你们的身边！"

咣当一声，锄从墙上掉到了地上。没有谁动它，是锄"怒发冲冠"了。

事情

琢磨"事情"这个词，不能不佩服汉语是智慧的语言。"事情"虽然主要说事，但无情不成事。故而先哲才把这两个字连在一起组成"事情"这个词。事和情就如同发热体和温度一样密不可分。事生情，情活事；事为表，情为里；事具象，情藏形；事是实，情亦真。凡事必有情主，凡情必寓事中。偌大一个乾坤世界，就是因了事和情这一对冤家无休止地缠绵悱恻，死缠烂打，才被造化得万紫千红。

事和情虽然天天形影不离，但很多时候它们的占比并不是均等的。例如，某人给父母洗了一次脚，给灾区捐了 100 元钱，资助了一个贫困大学生，等等。虽然这些事说不上有多大，但是，它蕴含的情却非常深厚。这样的事情就叫小事大情。可是也有另外一种情况，例如，有的先贤自参加革命一直到牺牲，都没有回过家乡；有的人为了保卫祖国没有给父母尽过一天孝；有的人为了更重要的工作对自己的妻儿照管得很少，等等。尽管他们对自己的亲人做的事情确实是少了些，但其间不能说没有蕴含着大爱和大情。由此我们也悟出一个道理，事有大小，真情无价。

有的人为了献大情、大爱于民族和国家，不得不影响乃至放弃对小家、对亲人的爱。这种人、这种精神，任何时候都应该推崇和提倡。曾有人这样设问，当大年三十放假之前，单位突然通知你，除夕夜有一件非常重要、非常紧急的工作要你处理，你是选择回家与亲人团聚呢，还是选择留下工作呢。大部分人的选择是留下来工作，但也有个别人的选择是："对我来说，家庭最重要，我选择回家与亲人团聚。"应该说，这两种选择都不能算错。尽管我个人倾向第一种选择，但第二种选择坦坦荡荡，毫不娇柔做作，也是无可厚非的。因为现在毕竟是和平时期，谁都不是唯一，单位离了谁，天都塌不下来。但是如果换成是特殊的时期，例如国家遭受异族侵略的抗战时期，第二种选择就值得商榷了。我们可以设想，如果人人都把小家放在第一位，那谁去保卫我们的国家？大家的事情谁来办？"国家"这个词的结构与"事情"颇有异曲同工之妙。国家，国家，国连着家，家连着国。国在前，家在后。家是国的细胞，国是家的集合。也就是说，国是由许多的家组成的，国离不开家，但家更离不开国。所以，一事当前，一定要先考虑国，后考虑家。当然，和平环境下，每个人都把自己的家搞好，国家自然也会好。这时候以家当国，就是为国家做贡献，就是爱国；但是，在国家有了事情后，就要先国后家，甚至舍家为国。这就叫大道理管着小道理，大事情管着小事情。

　　虽然说事情有大有小，但客观说，任何社会、任何时候都是大事情少，小事情多。特别对于一般人来说，每天要做的大都是繁琐的小事情，而很少有做大事情的机会。所以，对于我们这些平常人来说，就是要踏踏实实地做好我们身边的小事情，付出真情，付出汗水，把自己的份内工作做好，把自己的修养搞好，把自己的家庭搞好，把周围的朋友、邻居、同事团结好。只要我们把这些小事都做好了，就能一好百好，人人好，家家好，国家好。再说，人只有做好了小事，把小事当成大事来做，才能够增长才干，然后去做大事。哪有一出家门、一出校门就能做大事的？所以，你不选事，事会选你。你若选事，事便耍你。其中的道理，就在于你对事是不是有情。

事儿跟情不跟人。要做大事，就得有大情。愿你做个有情人！

门里和门外

世界上本无门里，也无门外，只是人心把世界分成了门里门外。故而，门里门外云遮雾罩，虚虚实实，有时可以看得见，有时看不见。

门里和门外是两个世界。门里神秘，门外直观。

门里的世界太小，门外广阔无边。

有人认为，门里给人安全感，门外给人危机感。但门里给人安全感的同时也可能约束人，门外给人危机感的同时也可能解放人。

有种门，进得门里，有被接纳的感觉，欢而亲；有种门，进不得门里，有被拒绝的感觉，戚而怨。

有种门，进得门里，有无奈的感觉，惮而忧；出得门外，有自由的感觉，喜欲狂。

有种门，人们抢着进。进去者有成功的优越感、幸福感，进不去者有落败的低卑感、痛苦感；有种门，人们害怕进。进去者有如临深渊的惶惶感、痛苦感；没有进去者有如同躲避洪水猛兽的厌恶感、庆幸感。

但是，只要能进去的门总要出来，而进不去的门或许永远都进不去。

所以，除了灵山之门，无论什么门里都是旅店，倒是门外是永久的天堂。

其实，门里门外是相对的。你只要一转身，门里就变成了门外，门外就成了门里。

也就是说，一个人被封闭的同时也有解放，被解放的同时也有封锁。这里自由了，那里禁锢了；这里得到了，那里失掉了。关键是要保持一颗平常心。

又回到了前面所说的话，是人心把世界分成了门里门外。只要我们的心经常前后左右转转，不汲汲于名利，不戚戚于富贵，保持一份淡然、一份豁达，门里门外就没有多大区别了。

茶壶与茶杯

中国人爱茶，自然也爱茶具。北宋画家文同有"惟携茶具赏幽绝"的诗句，南宋诗人翁卷也有"诗囊茶器每随身"的诗句。正如林语堂先生所说，只要有一把茶壶，中国人走到哪里都是快乐的。

南宋朱弁（字少章）的《曲洧旧闻》记载，北宋年间，范蜀与司马光结伴去嵩山游玩，都各自带着茶。当司马光看到范蜀盛茶的小木盒时，不由惊叹道，哎呀，你竟然有这么漂亮的茶器！朱弁评论道：其后，尽管那些士大夫们的茶具一个比一个精美，却还在一个劲地追求更华美的茶具，真可谓不知餍足。稍晚于他们的文人晁以道曾就此事对客人说，假如司马温公看到了今日之茶具，不知道该说啥好？

确实，中国茶具种类之繁多，制作之精美，堪称世界之最。

但是，无论茶具丰富到什么程度，茶壶和茶杯依然是最基本的两种，且形影不离。于是，人们便从它们身上感悟到不少东西。

近代中国文学史上的怪人辜鸿铭先生关于茶具的"妙喻"流传最广。他用茶壶、茶杯比喻男人和女人的关系确实有点怪怪的。当然，这种比喻是当不得真的，只能一笑了之。因为如果那样，不仅谈不上男女平等，而且茶壶和茶杯就真会弄成"杯具"（悲剧）了！

其实，人们从司空见惯的茶壶、茶杯身上得到的更多的是正面启迪，其中，有两则小故事让人受益匪浅。

第一则是"茶壶在上茶杯在下"。

一个年轻人找到法华寺住持释园说："我一心一意想学丹青，但至今没有找到一个能令我看得上的老师，可怎么办呢？"释园说："那就先让我看看你的画再说吧。老僧最爱品茗啜茶，尤其喜爱那些造型流畅、古朴大方的茶具。施主可否为我画一个茶壶和一个茶杯？"年轻人铺开宣纸，寥寥数笔，就画出一个倾斜的茶壶和一个造型典雅的茶杯。释园说："你画得确实不错，只是把茶壶和茶杯放错了位置了。应该是茶杯在上茶壶在下呀。"年轻人听了，笑道："大师开什么玩笑，哪有茶杯在上茶壶在下，茶壶还能往茶杯中倒水的道理？"

释园微微一笑说："原来你懂得这个道理啊！"

年轻人思忖良久，终于恍然大悟。

第二则是"茶满了"。

一个小和尚请求老和尚点拨点拨自己。老和尚就在小和尚面前放了一只茶杯，然后用茶壶往里边倒茶，倒到茶水溢出还不停止，直到小和尚连喊"茶满了"才停下来。小和尚说："师傅，请您指点。"老和尚说："我已经教你了。"小和尚顿悟。原来，装满了茶水的杯子里是添不进去新茶的！

《老子》有言，"埏埴以为器，当其无，有器之用。"老子在这里所说的器，其实就包括茶具。既放低自己，虚怀若谷，又经常清零，从不自满，就会既使自己受益，亦有益他人。

侃侃"结实"的黄土

近日读到郑彦英《板筑》里的一句话,"我们这一带的黄土很结实",不禁莞尔。因为通常情况下,原生态的松散的黄土和"结实"的概念根本联系不到一起。郑彦英笔下的黄土之所以结实,那是因为给了它类似于工程力学中的"预应力"。

所谓预应力,乃是为了改善工程结构的服役表现,在施工期间给结构预先施加的压应力。在结构服役期间,预加之压应力可全部或部分抵消荷载导致的拉应力,避免结构破坏。例如木桶,在还没装水之前采用铁箍或竹箍套紧桶壁,便对木桶壁产生了一个环向的压应力,若施加的压应力超过水压力引起的拉应力,木桶就不会开裂漏水。同样,在圆形水池上作用预应力就像木桶加箍一样。再如给车胎打气,亦是一样的道理。

把一定体积内的黄土夯实,让它们的颗粒亲密接触到趋于极限的程度,此时的黄土才能称得起是结实的。黄土被夯实的过程,也就相当于给其预先施加预应力。

也许你会感到奇怪，说板筑就说板筑吧，为什么要唠叨一番预应力？因为板筑就是对黄土加上预应力，使黄土能够"站"起来，变成房屋的墙壁或城墙。应该说，板筑确实是远古先民的一项伟大发明。通常的说法是，商王武丁的宰相傅说发明了板筑，但我觉得还应该更早。因为郑州商城就是用板筑法建造的。它已经巍然屹立了3600多年。我家就在商城附近。每每当我经过商城，看到那些层与层之间的叠压线时，就会深深感动。要知道，那时候铁器还没有出现，青铜器也很珍贵，平民根本用不上。可是，先民们硬是用勤劳的双手，以板筑的方法建造出了"商邑翼翼，四方之极"的浩大工程。

说板筑就不能不说到杵和夯。因为要把土弄结实，就一定要有杵或者夯。由于古人是由穴居发展到房居的，故而板筑必然是在这个阶段产生的。如此想来，小型、简单、方便的杵一定比笨重的夯出现得早。然而，农耕民族的历史又告诉我们，杵是和臼一起出现的，而且是为了农作物脱粒的需要。由此可以断定，杵的发明最初与筑墙并无多大关系，而且要比夯早很多。由杵臼到夯，再到板筑，反映了历史前进的轨迹，文明发展的轨迹，从中看出，先民们是怎样就地取材，变腐朽为神奇的。

20多年前，我到全国各地，尤其是许多乡村去，都能看到板筑的土墙房屋。可是现在再去，就很难看到了。其实，板筑是一项很重要的非物质文化遗产，应该予以保护。

最后再回到预应力上。其实，世间一切劳动成果都可以看做劳动者对其预先施加了预应力。正如郑彦英所说："（我）现在的劳作，其意象，一如在板筑之间。"这个意思是说，他写文章就像对如同黄土那样分散无状的文字打夯，即加预应力。由于作家付出了劳动，对文字加了预应力，使这些文字成了结构严密、有思想、有情趣的文章，对人们起到了一定的教化作用。

"一如板筑，我相信我能夯好每一杵。"无论你是做什么工作的，都应该像彦英所说，"夯好每一杵"。

谷子的品格

岭上的谷子黄了。

许是我小时候吃惯了小米饭的缘故，对小米很偏爱。当年八路军、解放军战胜敌人的法宝就是"小米加步枪"。对此，我也引为自豪：呵呵，小米对革命的贡献可是超过了大米白面哟！

小米也叫粟、稷，是谷子去壳（糠）后的粮食。二十世纪五六十年代，谷子是北方的主打农作物。特别在山区和半山区，谷子的种植面积更大。谷子之所以受到人们的广泛喜爱，是由于谷子有优良的品格。

一是对己严。面对严峻的生存环境，谷子一贯的作风是向内使劲，逼迫自身适应环境。为了战胜瘠薄和干旱，谷子拼命发达、密集自己的根系。由于它特殊的叶子构造，蒸腾系数（平均为 257）大大低于玉米和高粱。此外，谷子生长期短，成熟快。如果遇上严重水旱灾害，农作物被毁，需要补种"短平快"的庄稼时，谷子往往是最佳"候选"，因为它的某些品种两个多月便能成熟。

二是待人宽。小米最养人。她营养价值高，尤其适宜滋补老人、孩子和病人。小米能降血压、助消化，有补血健脑、安眠等功效。小米还能减轻皱纹、色斑、色素沉积，美容养颜。《本草纲目》记载："养肾气，去脾胃中热，益气。陈者：苦，寒。治胃热消渴，利小便。"红糖小米粥有"补血汤"之美称，对于产妇产后滋阴养血大有功效。此外，秕糠和杆草（谷子杆）都是好饲料，是牛的最爱。

三是很进取。谷子的最大高度不过一米二三。但是，它瞄准蓝天，昂首挺胸，像矛头一样刺向苍穹，始终都是向上、向上的姿势，没有一点倦态和颓唐的样子。

四是不自卑。人们常用"沧海一粟"形容渺小的东西。是的，谷子的籽粒确实很小。但谷子并不认为自己渺小。古语云：泰山不辞垒土，故能成其大；河海不择细流，故能成其深。谷子也是这样，它结子时，数十粒结成一个小骨朵，又数十个小骨朵结成一个大谷穗，终于使米满仓。谷子不卑不亢地与其他"大个子"农作物站在一起，成为中国传统文化认可的"五谷"（麻、黍、稷、麦、豆）之一。

五是知感恩。谷子快要成熟时，要做的第一件事便是向大地母亲致敬。她低下自己高贵的头颅，向着大地就是深深的一鞠躬……她知道自己是大地的儿女，是大地给自己平台，让自己立足，使自己成功。所以，她要深情报厚土。

六是不自大。谷子成熟以后，之所以羞涩地把头低下，还有一层原因，就是谷子不想自吹自播。谷子认为，无论收获多大，都应归功于高天厚土的雨露滋养，归功于同类、同族的大力帮助。成功可以展示，可以分享，但绝不能炫耀。"再说，我这点收获算得了什么。"谷子腼腆起来，"一个玉米棒子就顶我千百粒；还有那红薯，更不得了，一瓜就三四斤……"

1958年毛泽东主席视察河南农村，留下了一张在谷子地里的照片。伟人一副凝重的表情，站在垂着长长穗子的谷子中间。联想到当时大跃进的背景，是否可以认为，在陕北吃了多年小米饭的主席也有谷子情结，是在对着谷子忆旧、思考并发问：人啊，什么时候才能真正成熟起来？

如同谷子一样。越是饱满就越是谦逊地垂着头！

也许，这就是藏在这张照片背后的真言。

笔头有才

我是在农村长大的。给我印象最深的农活就是锄地。

豫剧《朝阳沟》里有一个"栓保教银环锄地"的情节："你前腿弓你后腿蹬，把脚步放稳劲使匀，那个草死苗好土发松。得儿哟得儿哟土发松！你前腿弓你后腿蹬，心不要慌来手不要猛……"当年我看这出戏的时候就想，锄地如同作诗。谁都可以说会，但真会的不多。所以，银环这城里生城里长的女孩子不会锄地一点都不稀奇。回忆我小时候锄地，可真没少受父亲责骂。一是锄着锄着，一不小心就把庄稼苗锄掉了；二是不会左右换姿势，锄过去的地遍是脚印。要说我父亲那真是种地的老把式。看父亲锄地是一种享受，咋看咋得劲，很舒服。锄握在他手中，犹如将军手中的银枪，亦如"书法家"手中的"地书笔"，轻便灵巧，挥洒自如，小鸟依人般乖。父亲口叼烟卷，弓着身子，把锄轻轻伸出去，然后稳稳拉回来，时不时地还有一股青烟从他的草帽下冒出，在空中袅袅娜娜地升腾。远远望去，颇有几分迷离和浪漫，整个人如同神仙一般。父亲锄过的地，平整如大花布，两排脚印如同印花，简直就是艺术品。

父亲曾多次教我如何握锄，如何换姿势。但我真的不开窍，对锄地有一种与生俱来的迟钝与隔阂。父亲无可奈何叹口气：既不会握锄头也不会掂笔杆，看你没了老子以后咋过！那一刻，我觉得父亲手里握的不是锄头，也不是在锄地，而是以锄当笔，以土地当纸，在抒写对土地，对庄稼的热爱，挥洒田园生活的诗意。

最近，一个小时候的朋友润土从农村来看望我，说到了锄地。他感慨地说："现在年轻人没有几个愿锄地了。庄稼一种上，化肥、除草剂一撒，就等着收割了。但我还是扛上锄头，到田里不紧不慢地锄。不比不知道。我打的麦子，胚沟几乎都看不见了。而其他人打的麦子，胚沟要凹很多。平均一亩地要相差一百多斤哩。"

朋友的名字"润土"，同鲁迅少年小伙伴的名字"闰土"谐音。我对老朋友开玩笑说："鲁迅的好友闰土因为五行缺土，所以才叫闰土。你五行里不缺土啊，为什么也叫'润土'呢？"老朋友也是年过古稀的人，呆萌地说："平常老家人都叫我'锄头'。俗话说，锄头有水，所以我才叫'润土'啊。呵呵。"

不是学校里许多同学都对自己不够聪明，不够有才耿耿于怀吗？不是一些正在文学之路上踽踽而行的人也都对自己不出灵感，不够有才很伤脑筋吗？看看农民的锄头，再想想鲁迅和老舍的笔头，完全可以理直气壮地说：笔头有才！润土话里更深的意思是，锄地，除草是其一，更重要的还是为了保墒，但是很多年轻人已经不知道了。

2016年2月9日，新民晚报发表了褚建君教授《关于"锄禾"》一文。褚教授在文中说，他在课堂上讲到植物激素的发现和除草剂的发明，对现代农业的划时代影响的时候，必定要引用唐朝李绅的悯农诗并解释诗中的"锄禾"二字："'锄禾'实际上是除草的意思。"

褚教授说的不算错，但不够完整。

草的生命力特别顽强，是庄稼的天敌。农民无论怎样对草毫不留情地除恶务尽，却总也做不到斩草除根。为什么？因为草虽有与庄稼争夺养料水分、影响庄稼生长的一面，也有刺激庄稼生长的一面。所以，上天才于冥冥之中赋予草"野火烧不尽，春风吹又生"的旺盛生命力。说得再明白一点，就是草与苗同宗同族，它们之间是相生相克的关系。农民常说，草旺欺苗，苗旺压草。庄稼一长起来，草就成不了气候了。因此，田里有几棵草根本不是事，反而更能激发庄稼的"斗志"。

再回到怎样看锄地上。不错，锄地是要除草，但不能把目光只盯在除草上，那只是表象。其更深层次的作用是松土保墒。通过翻松土壤表面，土壤中形成了含有很多气隙的保水层，既减少了水分蒸发，也有利于庄稼的根向土壤深处延伸，使之获取更多的水分和营养。这就是"锄头有水"的说处。所以，过去我们经常可以看到，有时候田里并没有多少草，但农民还要一遍又一遍地锄地。

为什么润土种的麦子一亩能比别人多打一百多斤？究其原因，麦子多在了锄头上。所以，从某种意义上说，多出来的麦子是从锄头上长出来的。

此时，我的脑际蓦然闪出一个灵感：笔头有才。

读书人最大的困惑就是，自己有才吗？如果有，它在哪里？其实它就在你的笔头上。

呵呵，你怎能这样推理呢？也许有的人会对我嗤之以鼻。反驳说，不能看到鸟儿飞，就说马也会飞。有实际的例子吗？

例子当然有。举别人的例子说服力不强，要举就举鲁迅这样的泰山北斗。

鲁迅作为伟大的文学家、思想家和伟大的革命家，一生之所以取得了丰硕的成就，成果斐然，不少人把原因归结为鲁迅是天才。但鲁迅自己却说："哪里有天才？我是把别人喝咖啡的时间都用在工作上了！"但在我看来，说鲁迅是天才也行，但鲁迅更多的是笔才。此话怎么讲？就是说，从一定意义上讲，鲁迅的著作都源自"抄"，他的才大半出自他爱"抄"的笔头。有资料显示，鲁迅不仅读书多，而且抄书多，是中国近现代史上（即晚清民国以来）最大的"抄书家"。

鲁迅小时候虽然酷爱读书，但那时的他毕竟买不起太多的书。怎么办？那就只好抄了。鲁迅抄过很多书。单是草、木、虫、鱼方面的书，他便抄了《野菜谱》《释草小记》《释虫小记》等，而且涉及到了《茶经》《耒耜经》《五木经》等。有人粗略估计，鲁迅一生抄书的数量，至少在百万字以上。仅1915年至1918年，其抄录古碑一项就达790种，近2000张。对甲骨文、金文、真、隶、篆、草各种字体，鲁迅都摹写得惟妙惟肖，这不能不说是得益于抄。

鲁迅在《呐喊·自序》里提到，他之所以开始写作，走上作家这条道，就是源于"抄"。曾经的许多年里，在北洋政府教育部担任小金事职务的鲁迅，住在北京城中的绍兴县馆。这个县馆相传往昔曾在院子里的槐树上缢死过一个女人，故没有人住，也很少有客来访，于是鲁迅就天天"寓在这屋里钞（抄）古碑"。那时，鲁迅的一个老朋友钱玄同偶而会到那里做客。钱玄同当时在北京大学教书并担任《新青年》杂志的编委。有一次，钱玄同翻着鲁迅那古碑的抄本疑惑地问："你钞（抄）了这些有什么用？"鲁迅回答："没有什么用。""那么，你钞（抄）它是什么意思呢？""没有什么意思。"最后，钱玄同建议说："我想，你可以做点文章……"在钱玄同的劝说下，鲁迅终于答应给《新青年》杂志创作小说了，于是就有了他的第一篇，也是中国文学史上第一篇的白话小说《狂人日记》。鲁迅写道："从此以后，便一发而不可收。"鲁迅能成为伟大的文学家，可以说，一个"抄"字居功至伟。也许，有人会说鲁迅的记忆力好，读过的书经久不忘，这当然也对，但"好记性不如烂笔头"。是笔头神通广大，给了鲁迅更深刻、更长久的记忆。

鲁迅一生留下了大约七百万字的著作。如果从他1918年4月写《狂人日记》开始算起，到他 1936 年 10 月去世为止，不过 18 年半的时间，平均每天要写一千三百多字。其间还包括生病和上班工作时间。说句实在话，即便我是块钢铁，我宁愿成为火车铁轨的一部分，天天被重轧，也不愿做鲁迅先生的笔头——太辛苦了！

　　再说老舍。著名作家老舍也是和鲁迅一样有笔才的人。老舍曾对自己创作每天必须写多少字做出刚性规定，完不成决不停笔。年轻时老舍的最高速率是每天 3000 字至 4000 字，一个暑假就可写一个长篇。64 岁时老舍写《正红旗下》，在年老体衰的情况下还要每天写 1000 字，且精雕细刻。正是这种春蚕到死丝方尽的笔耕不辍的精神，老舍才会步鲁迅后尘，成为新文学史上一座不朽的丰碑。

事实不等于真相

　　孔子周游列国的时候，受困于陈国和蔡国一带，连菜羹也喝不上，七天都没有吃到一粒米，饿得大白天躺在床上撑着。他就让颜回向老百姓讨米，颜回还真把米讨到了，回来后马上生火煮饭。饭快要熟时，孔子无意中看见颜回用手抓锅里的饭吃。饭熟了，颜回叫孔子吃饭，孔子假装没看见颜回抓饭吃的事儿，起身说："刚才我梦见了先人，我自己先把干净的饭吃了，然后才给他们吃。"颜回听出来孔子的话弦外有音，赶忙解释道："不是那样的，刚才是灰屑落进了锅里，可是把受污染的饭丢掉实在可惜，所以我就抓起来吃了。"孔子叹息道："都说眼见为实。但是有时候，眼见的也不一定可信……"

　　孔子和颜回的故事告诉我们，很多时候我们看到的往往是事物的表象而非本质。就是说，美丽的不一定真美丽，丑陋的不一定真丑陋。例如，有一个先生，一天他下班回来，远远看见他的老婆正跟一个高而帅的男人站在墙角唧唧咕咕，末了，那个男人还递给他老婆一沓钞票，而他的老婆也笑眯眯地接了。他顿起疑心，以为老婆红杏出墙，不由怒火中烧，冲上去一拳就打向了那个男人。后来才知道，"高而帅"的男人是他老婆的同事。老婆单位破产了，人家是顺路给他老婆捎拖欠工资的。

生活中现实蒙蔽眼睛，眼睛蒙蔽心灵的事例是很多的。众所周知，当前的市场上，既有很多货真价廉的优良商品，也充斥着大量自称精品、珍品甚至是极品的假冒商品，它们鱼目混珠，卖家又极尽忽悠之能事，确实吸引了一些人的眼球，导致其中的一部分人上当受骗。究其原因，都是眼睛"报告"的事情失了真。

那么怎么解决"眼见不为实"的问题呢？其关键在于做一个清醒的人。清醒，最重要的是心清。心清了，眼睛自然也就清了。要想做到心清，一是少贪欲，不要老想着发不义之财。许多时候，人之所以"昏聩"，深层次的原因往往在于没有把心灵擦拭干净。二是不要让眼睛偷懒。就像历史剧里主帅听到探子的报告后所说的"再探"一样，一定要多"探"几遍，多看几次，不要看过第一眼就把初步"印象"当结论。很多时候，弄清楚事实仅仅是第一步，还必须弄清楚真相。遇事多一些冷静，多一些观察，多一些思考，多一些比较，得出的判断可能会比较接近真相。

不要"拴着马求驴"

　　这些年重视人才的风气很浓，许多地方都表现出求贤若渴的愿望，不断树起招聘人才的大旗。尽管招聘外部人才对于解决本地区、本部门人才短缺的燃眉之急和改善人才结构非常必要，但其中也不乏某种程度的盲目跟风者。其结果是，招聘来的所谓人才鱼目混珠，有一些还不如原有的人才优秀。其实，各地都有一些现成人才和"潜人才"，也就是说，哪里都不缺乏有着人才潜质的待发掘人才。这些成品或者半成品的人才，其实就在领导的下属里，甚至是眼皮底下，根本用不着过度钟情外地人才。对于那种舍内求外、舍近求远的做法，我称其为"拴着马求驴"。

　　几乎没有人不知道大名鼎鼎的乒坛英才邓亚萍。可当年邓亚萍初出茅庐时，就曾吃过一家急于选到好苗子的球队的闭门羹。某教练认为她个子矮，不符合"科学选材"的标准，而大睁两眼看着她远走他乡。这就不仅是"拴着马求驴"，更成了"舍马求驴"。

　　其实，外国人也和中国人一样，崇外情结很浓。第二次世界大战结束不久，美国把一批德国的火箭专家弄到了自己的国家。有关方面对这些高级人才礼遇有加，非常虚心地咨询他们有关火箭的技术问题。这使那些德国人感到意外：你们为什么不去问问你们国家的戈达德呢？他可是我们的"老师"呀！这些德国专家之所以不理解美国人的做法，原因是，虽然德国人打造出了用于第二次世界大战的新式武器V-2火箭，但他们依据的原理却是美国人戈达德首先提出来的。这是一个"拴着马求驴"的典型例子。

　　为什么会这样，也许这是人性的弱点决定的？中国有很多这样的谚语，什么"灯下黑"，什么"墙里开花墙外香"以及"外地的和尚会念经"等等，都表明人大都是"两眼向外"，瞧不起自己周遭的人。我发现，在年轻人当中，"月是他乡明"的慨叹很多。据说，耶稣成名之后，回到家乡演讲，乡亲们根本不买账，只是嗤之以鼻：这不就是那个木匠家的小儿子吗？耶稣没动气，说，没有一位先知在本乡本土被接受。因为他曾经的幼稚和丑陋遮住了他们的眼睛，使他们看不到他的进步，至少说，对他的进步反应很迟钝。我简单翻了一下中国历史上一些名人的简历，发现他们大都是在外乡成就功名的。例如，当年帮助秦国（都城在陕西咸阳市）实现统一的那些人才，很少秦国人。如百里奚、商鞅、范雎、张仪、吕不韦、李斯等等，都是中原人。所以中国人的行为很奇怪，开始的时候，在家乡小试牛刀，但没有人赏识，只好离井背乡，到外地发展，由于外地人没有成见，当然，无所依靠的冷峻环境也逼迫他们发愤图强，结果还真有不少成功了。例如李斯，原本在上蔡（今属河南）当公务员，无论怎么努力，上司也看不见，后来到咸阳（今属陕西）投到吕不韦门下，就成就了千古伟业。还有春秋时的鲁国（都城在今山东省曲阜市）人田饶，尽心尽力地在鲁哀公身边做事，好几年过去了，可是鲁哀公一点都不了解田饶的志向和才能。田饶的才智得不到施展，便辞别鲁哀公去了燕国（都城在今北京市西南）。燕王让田饶做相国，三

071

年以后，田饶把燕国治理得井井有条，国内富足，边境安定，很快便名声大振。鲁哀公知道了以后，后悔莫及，对当年没能留住田饶深感内疚。为此，他独居反省三个月，希望田饶能再回到他身边，可是，已经不可能了。

最后，我想到了领导中国革命成功的毛泽东。毛泽东生前，没有发过什么求贤令之类的东西，当然他也从没有拒绝优秀人才来到他身边。他的独到之处是，用实实在在的办法把他手下的一大批大老粗培养成了著名的政治家、军事家和经济学家。例如李德生参加革命前是个文盲，后来居然当上了中共中央的副主席。尽管这样的例子很多，但必须强调的是，毛泽东不是一个很看重"单打独斗"式人才，即个体人才的人，而是特别注重整体人才队伍的建设。国共两党博弈，国民党军队里的军官大都是文化素质很高的留洋派、院校派，而共产党的军官多数都没有什么文化。但最后的结果是，泥腿子打败了喝洋墨水的。所以，着眼于、立足于自己的内部，树立公正、公平的堂堂正气，以培养人才为主，吸纳人才为辅，远比许愿引才、高薪引才主动得多，有效得多。内部的人用好了，气象一新，自然也就把外边的人吸引来了。这叫不引才而才自来。所以抗战时期，才会有上海大批进步青年投奔延安，解放后才会有留洋国外的大批科学家回国。应该说，只有那些会培养人才、造就人才的领导，才是真正的、高明的帅才。

事实证明，依靠自己、发展自己远比依靠他人重要；发现人才、培养人才远比招聘人才重要。只要自己有德才，一个身心扑在工作上，事业蒸蒸日上，有前途，内部的人才自然会如春韭菜那样一茬又一茬地成长，而外部的人才也会慕名云集而来，可谓才不引而自来。

最后必须说明一点，那就是一些本地、本单位所紧缺的高级专业人才，该引进还得引进。可不要盲目排外啊。

清明夜雨

　　清明夜一场春雨悄然而至。我从"嘀嗒"声中醒来，便想起了余秋雨对夜雨的描述："各种色相都隐退了，一切色彩斑斓的词汇也就失去了效能；又在下雨，空间十分逼仄，任何壮举都施展不开……"呵呵，我笑了，怎么会施展不开呢？色相隐退了，难道不可以听吗？听着不过瘾，还可以到雨中行走。我们不会如此容易被束缚、被限制吧。

　　清明，这是一年中最美好的时光，风和日丽，不冷不热。但是，如今在城市不行了。春和景明的清明早已成为历史。进入 21 世纪以来，工业的发达、交通的进步，使机器的轰鸣和化学的污染同步发展。再加上市场经济急功近利的搅拌和助推，一拨又一拨地把人类的情绪推向了狂热和浮躁。地球上还有安静的地方和时候么？尤其是城市的白天，各种机器的尖叫，飞机、火车、汽车的呼啸撒欢，加之商贩们八仙过海般的各种促销手段甚嚣尘上，让人们绷紧的神经几近爆炸。可以说，污染、雾霾和噪音经过一天的不断攀升和累积，到了傍晚时分，城市简直成了一座烟尘滚滚的"尘世"，只是到了黎明时分，才会稍稍安静一点。如果要城市恢复到半个世纪以前的安静程度，那就得再下上一场雨。黑夜、阴雨二者的叠加效应才足以让喧嚣的城市像婴儿一样入睡，成为一泓静谧安然的湖水。而人们也因了这平静，难得享受一回辽远和深邃——可以好好睡一个甜美的觉。但是那些不同寻常的思想家和科学家，那些情趣另类的文学家和诗人，那些各行各业里的灵异智者，可能会是另一番动静。他们珍惜的就是这天赐的宁静，便纷纷在雨夜里醒来，荡起白日里搁浅的思想和感情之舟，灵感泉涌，创意潮起，拿出他们最得意的作品。据说，毛泽东在世的时候，便是这个习惯，后半夜开始工作至黎明以后。

想到这里，我就有了好奇心。我想看看，有多少家窗户的灯光还在闪烁，有多少奇思妙想会在清明夜雨里发生。我看看表，已经 5 点了。我要到外面走走。卸下肉体和心灵的枷锁，在黎明前的雨中漫步，也许会把我发馊的身心洗涤一番。

细雨缓缓飘落，似我欲住还走的碎步。我呼吸着夹杂有丝丝花香的空气，浮躁的心渐渐被熨得平展。透过街道上朦胧的灯光看过去，一排排大楼的"鸟巢"里，还真有亮灯的，但很少。雨丝儿明明灭灭，斜密地交织成一张巨大的幕、一堵无边的墙。这幕、这墙很宽、很高、很厚，顶天立地，而且前后左右、全方位地围拢着我，虽任由我自由地穿越，却是不限而限。就是说，我的穿越努力是徒劳的，我只能穿而不能越。无论我怎样前行后退，左拐右趔，我就是走不出它。这雨俨然如一张特殊的网，尽管有孔儿，尽管不限制我的自由，却总包裹着我。我想，我大概已经走进了雨的心里。无论谁，大凡走进了他人的心里，便很难走出去。

我在雨中行走，雨伴着我，我也伴着雨。我想，我和雨是单相思吗？不错，我是走进了雨的心里，可雨是不是也走进了我的心里，我却不敢断定。忽然，我好像听到了雨"哈哈大笑"的声音。原来是刮了一阵风，藏在树叶里的雨滴突然跑出来，"啪啪"地落到我面前，让我心中不由窜动起诗意的遐想。我想，雨笑的原因，大概是说，你起五更来和我约会，难道不是因为我走进了你的心里吗？

我漫无目的地走进了一行花荫中。雨依然是淅淅沥沥地下，花也悠悠地一片片地随。"林花着雨胭脂落"，湿润的落红如同轻柔的情愫，牵引着我的心弦，在黎明的舞台上低吟浅唱，营造出了一个梦幻迷离的世界。此刻的我，恍然忘却了白日里为稻粱谋的烦扰，摈弃了名利场中水中捞月、得陇望蜀的贪婪。渐渐地，私心杂念之井全然被掏空，灵魂便一点一点地空泛灵动起来，心态更是趋向了淡定平和，于是便听到了春雨那美妙的天籁之音。

春雨是用不同的声音和万物对话的。你听，她用柔曼之声呼唤湖泊，用清脆之音敲打石头。对于泥土，春雨则带着深深的敬畏，敛着气息，声音低沉而谦恭。她不客气对待的则是欠了些厚度的浅薄的铁皮，她总是把它敲得轰轰响。春雨其实是花草的闺蜜。她用沙沙沙沙的细密声和小草说悄悄话。春雨特别爱亲吻杨柳梢和花骨朵，而且沉醉得久久不肯离开。这么看来，春雨就是一位俏皮可爱、步态轻盈、声音甜美的美天仙姑娘，她趁着夜色将太液池里的琼浆玉液洒满了人间。

不知不觉中，夜色逐渐褪去，雨也收住了，东方升起一道霞光。放眼望去，带露的花蕊在和风中摇曳着七彩的梦想，一切都是那么朗润，那么清新。啊，春城无处不飞花。如今，不仅传统名花，如桃花，梨花，海棠，虞美人花，紫荆花等；还有异域名花，如樱花，郁金香，等等，都争奇斗艳，开满了城市的大街小巷。我想，春雨不仅是自然界的一位伟大实干家和伟大艺术家，而且还是一位伟大思想家。听她一堂课，不仅诗意了我的生活，也美丽了我的情愫。

但是，我又紧张起来了。因为我马上又要陷入现代城市的喧嚣和污染中去，虽然今天可能不会有霾。

忠告还要善道

咸丰七年（1857年）二月四日，时为兵部右侍郎、湘军首领的曾国藩父亲去世。十一日，消息传至江西瑞州湘军大营。十六日，曾国藩给朝廷发去了一封陈请开缺的奏折，后把军务交给他人，不待皇帝批复，便于二十一日回老家去了。

按照清朝的制度，朝廷官员父母去世，则应离职回籍，居丧三年，时称"丁忧"。但督、抚、司、道等重要官员，或者军务在身的官员，应在请示朝旨后再行定夺。如果钦命不准离职奔丧而令在职守制，则称为夺情。曾国藩自然属于须向朝廷请假获准后才能回原籍奔丧的高级官员，可是他竟置江西军务于不顾，不待准假，便遽行回乡。这当然是一种任性、冲动的负气之举。

曾国藩知道自己的做法会引起同僚、下属、朋友们的不同反应，便在给皇帝打报告的同时，知会在湖南筹措军饷的左宗棠。曾国藩说了三个理由。一是奔丧守制，以尽人子之道；二是"临戎以来，过多功寡，不可以古之饶干济者自比"；三是"大局较前为佳，己可不出"。左宗棠看过之后，不以为然，立即给曾国藩写了一封措辞严厉的信，大义凛然地对他进行了批评。

左宗棠先把大儒朱熹《资治通鉴纲目》关于"夺情"的论述端出来，用"金革之事无辟"驳回了曾国藩孝子奔丧的冠冕堂皇的理由。这当然是正确的。但接下来，左宗棠的话就离谱了。

左宗棠说，说什么你"过多功寡"，不宜比照"饶干济者"实行夺情，其实，你还真就是个"过多功寡"的人。但是"过多功寡"没关系，只要你尽心竭力，朝廷与天下之人未尝不会谅解你。可是你竟然擅自委军奔丧，这样一来，你是否忠心国事都值得怀疑了。我不知道你是否会听我的劝告重新出山；我也不知道你重新出山，凭你的本事，对国家大局能否有所帮助……

这等于掴曾国藩耳刮子。曾国藩哪里受过这气，故而左宗棠的信发出后，曾国藩就没给他回信。

说实在的，虽然曾国藩的做法有问题，但他确实有难言之隐。由于皇帝没有给曾国藩督抚职务，他手中没有行政权力，致使孤悬江西终日与太平军苦战的湘军，被江西视为额外负担。还有朝中官员们的排挤和刁难，可谓步步荆棘，处处碰壁。正在这进退维谷之际，父亲不幸去世了。坏事变好事。这反倒给了曾国藩并以丁忧为借口离开军伍，要挟皇帝给予支持的一根救命稻草。但是，这时的曾国藩毕竟还是嫩了些。所以，此举并没有得到他期望的结果，反被皇帝顺水推舟，解除了兵权。这当然令曾国藩失望。而左宗棠的批评，不啻雪上加上霜，进一步把曾国藩伤到骨髓深处。

正因如此，曾国藩对左宗棠的这封信"见怪""不予回复"，也在情理之中。左宗棠没接到回信，扪心自思，也感觉自己话说得有些过分。在给王鑫的信中，左宗棠做了一点自我批评：

"涤帅（曾国藩字涤生，所以湘军将领都称呼他为涤帅）自前书抵牾后，即彼此不通音问。盖涤以吾言过亢故也。忠告而不善道，其咎不尽在涤矣。"

所谓"忠告而不善道"，就是能刚不能柔，只能晓之以理，不能动之以情。诚然，左宗棠确实是为了曾国藩好，但不讲方式方法也确实是起不到好作用。如果遇到气量狭窄之人，很可能会造成积怨，不仅不能有益于对方，甚至以两败俱伤收场。不过，左宗棠还是碰到"贵人"了。尽管曾国藩负一时之气，不能即刻原谅左宗棠的"不善道"，但是，经过在家一年多的守墓"读礼"后，曾国藩的境界、度量陡然提升。咸丰八年六月，曾国藩奉旨援浙经过长沙，与左宗棠在一周之内数次深谈，集"敬胜怠，义胜欲；知其雄，守其雌"十二字为一联，请精于篆书的左宗棠书写，遂"交欢如初，不念旧恶"。

忠告还要善道，应该是我们真诚相处、和谐相处的一条法宝。

什么是幸福

"什么是幸福"是人类永恒的话题。

回答什么是幸福不仅因人而异，而且也因时间、地点和心情而异。为什么没有标准答案，恐怕与人的本性有关，是欲望在作祟。由于人欲望不止，所以永远不会把幸福定义在一个不变的水平上，往往是水涨船高。你这边刚刚得到一个幸福，欲望马上就出来鼓动你得陇望蜀。而当你得蜀以后，他还会撺掇你望黔、望滇……幸福和欲望就是这样，互为因果，互相刺激又互不相让。尽管幸福和欲望彼此互相较劲儿，此消彼长，但欲望总要高一头乍一膀，把幸福欺负得垂头丧气，徒唤奈何。我们不难体会到，幸福是短暂的，欲望是长久的；幸福是过客，欲望是常客；幸福昙花一现，欲望挥之不去；幸福极易挥发，欲望粘着力强；幸福如同梦幻般虚无缥缈，欲望却同恶魔样紧紧缠身。如果你再和周围的人比较一下，似乎幸福总在他人处，欲望偏在自己身。按照这样的分析，我们完全可以把幸福定义为：一个欲望被满足之后，另一个欲望来临之前的那一个珍贵的、短暂的时间段里人的快乐心情。

记得曾有个年轻人问我，你愿不愿再回到毛泽东时代？我笑了，说，假如我是 20 世纪上半叶的人，我非常愿意"进"到毛泽东时代。因为在那时兵荒马乱，人们非常贫困，人们的最大欲望就是能够生存下来，哪怕生活条件差一点。毛泽东满足了大家的这个欲望，使社会安定下来，提高了人民的生活水平，所以大多数人非常愿意进到毛泽东时代。可是到了 21 世纪，人们已经不再满足于那样的粗衣糙饭的生活，想提高生活的档次和质量，在这时候，你让人们丢下汽车去蹬自行车，当然大家不会愿意。因为对于欲望来说，其骨子里是一个"进"字，对于"回"字有着本能的拒绝。能不能够说，这个问题从根上就提错了？

　　当然，在许多情况下，追求欲望就是追求幸福，欲望对于一个人本身的进步、对于人类社会的进步具有非常重要的意义。但是，过度的欲望也会毁了人的幸福。所以人们试图压抑欲望，不时告诫自己要"戒满、戒盈"，要"知足常乐"。有人更是对欲望进行了区别对待，提出对工作、对事业要"不知足"，对生活、对名利要"知足"。可是说归说，做归做，欲望这东西是"抽刀断水水更流"，是"野火烧不尽，春风吹又生"，而且，欲望本身就具有两面性，你硬要砍下它的所谓不好的一面，那好的一面也就不存在了。就像所谓的雄心和野心，羡慕与嫉妒，谁能找到它们之间的那条准确分界线？谁能找到那个合理的度？所以我说，欲望对于幸福，就像萧何对于韩信，可谓成也是它，败也是它。试问那些成功之人，有几个不是因为有崇高的理想和追求，即有强烈的欲望？同样，那些在高墙之内的人，不也都是因为强烈（用在这里叫过度）的欲望而毁了自己的幸福？为啥说成者王侯败者贼？无非是欲望的两条归宿而已。

　　那么说来，似乎对于欲望就只能由着它，让它信马由缰，任意发展了？非也。为了利用人欲的好的一面，限制人欲的不好的一面，人类社会在发展的过程中逐渐产生了各种行为规范，如国家的法律，单位的纪律，家庭的伦理，等等，人们只要在宪法和法律的范围内活动，遵守纪律，就可以使欲望安澜，在正确的道路上追求自己的自由、幸福。

　　行文到此，突然想到了"幸"字的结构。在甲骨文里，"幸"字是桎梏的样子，意为被铐起来才知道自由的珍贵，才知道什么叫幸福。当然，还可以解释为，只有把那些危害社会治安的人铐起来，或曰实行法治，人民才有幸福。看来，我们的老祖先看问题还真是一针见血呀！

第三辑　心修身为

做人唯正

三国里的黄权是一个正人。

黄权原本是刘璋手下的主簿，类似于秘书长。当时别驾张松建议刘璋迎刘备入蜀。黄权反对说："刘备乃天下枭雄，请他来蜀，等于引狼入室。现在应守紧边境，等待时局的稳定。"刘璋不听，派人迎请刘备入川，并将黄权弄到广汉县当县长。及至刘备袭取益州，各郡县望风归附之时，黄权却闭城坚守。最后，看到刘璋投降了，他才最后一个归降。黄权早知道刘璋庸懦，难成气候，但他把别人不屑的坚持，坚持到了谁都说不出一个不字的境界，尽到了君臣之义。因此，虽然大家都是投降，但以刘璋投降为分界点，前后之人显然不能画等号。

刘备称帝后，挥师伐吴。黄权劝道："吴人剽悍善战，而我军顺流而下，易进难退。为了稳当起见，臣请为先驱以当寇，陛下宜为后镇。"但刘备不听，让他去江北防备曹魏。结果刘备大败。由于江北的道路被吴军切断，黄权进退不得，就投降了曹魏。有关部门知道后，逮捕了黄权的妻儿老小。刘备痛心地说："是我对不起黄权，不是他对不起我啊！"

诏令继续像从前一样善待黄权的家属。

对于投降变节之人，当权者往往恨之入骨。但刘备不同。他不仅能够区别对待，还能够诚恳地反省自己的错误，体谅某些投降者的无助和无奈。对于黄权，刘备的宽容收到了很好的效果，使之继徐庶之后成为又一个身在曹营心在汉的人。

黄权投降曹魏后，魏文帝曹丕问他，离开蜀汉是不是想仿效汉初的陈平、韩信，为魏朝效力。这时候，黄权只要说句"是"，就可青云直上。但黄权却没有顺杆子爬。他说："臣受刘蜀主恩遇，只是因为蜀国回不去了，才前来归顺。再说败军之将，免去一死就很幸运，还学什么古人！"曹丕欣赏他的率真，任命他为镇南将军，封育阳侯，加官侍中，平时出行，还要他陪乘。有一段时间，有谣传黄权在蜀汉的家属已经被害，但他摇头不相信，而事实也果然如此。一年后，刘备去世，群臣都向曹丕祝贺，独黄权没有动静。曹丕想吓唬吓唬他，就宣他立即觐见，并且还让打马的使者连连催促于路。黄权身边的几个侍从早吓得魂飞魄散，他却像没事人似的。

黄权的表现受到了魏国人一致的尊重。大将军司马懿问黄权："像你这样的人蜀国有多少？"这话可真叫"绵里藏针"，回答多少都不妥。可是黄权的回答却让场面柳暗花明："呵呵，没想到您对我这样看重！"谦而不卑，恭而不谀，符合身份，符合环境。就这一句话，让外交学院的许多博士生都学不会。但是在说到蜀国的灵魂所在诸葛亮时，黄权的眼珠子马上就亮了，总是赞不绝口。这其实也是在告诫魏国，别打蜀国的主意，有诸葛亮呢！你看，他骨子里还是在为蜀国服务。

黄权在魏国官至车骑将军。相信很多人都知道大将张郃的威名。张郃最高的职务就是车骑将军。正始元年（240年）黄权去世。黄权表面上看是魏国高官，却没有做伤害蜀汉的事。这也是为什么《三国志》把他的传记仍归到蜀汉的原因。

黄权名权。权者，衡器也。有权衡、比较的意思。柳宗元说："智必知权。"孟子也说："权，然后知轻重。"黄权是一个最懂权、最会权的人。他对自己权的结果：做人唯正。唯其言正行正，才让君子服，小人怕。由此他赢得了世人的尊重。黄权高明的是，尽管为形势所逼他走上了所谓的邪路，但他走的结果却是形邪实正。是的，他曾投降过两次，跟了三个老板。这在其他人恐怕都是反复小人了。但没人敢说他是，还都赞扬他，这恐怕就是"正"的力量。

怀才不"迁"

一般而言，人只要有了超乎他人、优于他人的东西，例如官位、财富、色相、才华等，就容易"迁"。"迁"者，迁腐也。怀才而"迁"就是其中的一种。

对于"才"，一般是指天资、天赋，通俗一点说，就是聪明。除此之外，还指才能，即通晓某一方面的专门知识和具有某一方面的专门技能。例如某某同学，记忆力、理解力或者模仿能力特别突出，大家就说这位同学特别聪明。再例如，某人擅长书法、绘画或者唱歌、跳舞、演艺等，大家也说那人特别有才。平心而论，这世界上有才的人可谓俯拾皆是。若从智商来看，没有几个人是脑残。可以说，上至帝王将相，下至渔樵商贩，基本没有笨人。若从专长来看，谁没有一点"雕虫小技"，甚至能让别人称羡的绝技、绝招呢？想想我少年时期的那60多位同班同学，确实有不少非常聪明，可是一路走来，到考大学时几乎被淘汰个净光。原因何在？就是聪明是聪明，而能吃苦、有恒心的太少，没有坚持不懈地把努力进行到底。再想想我参加工作后曾经的上百位同事，有一技之长的可真不少，但是大都没有发展到进入社会知名专家学者的行列。有道是"青溪尽是辛夷树，不及东风桃李花"。于是处在这样的"阶级队伍"里不免经常听到怀才不遇的喟叹。开始我并不在意，后来随着自己的平庸达到了"尽显"的最后阶段，就与这些人有了点同病相怜的味道，甚至还发出了"兔死狐悲，物伤其类"的共鸣之音。再后来退休了，基本也就"世事洞明"了，看问题相对客观了一些，于是就有了对自己过去的反省，终于怀疑起了"怀才不遇"的说法。可以说，就像我这样一个很平庸的人，命运也给了我很多次机遇。当然，其中有抓住的，但大多数都是擦肩而过，失之交臂。究其原因，有几次是因为自己没有做好思想准备或者知识储备，硬件不硬，软件过软，只能眼睁睁着机遇一挥而去。但更多的是由于自己迂腐，要么迷信学历，要么恃才傲物，甚至故作清高，轻易放弃又抛弃等等，这样就错过了一趟又一趟的高速列车，把自己甩到了后边。可再反观那些成功人士，他们哪个不是既聪明绝顶而又脚踏实地？可以说，他们是有理想没幻想，会仰头也会低头，既求诸己又求诸人，谦虚谨慎，不骄不躁，一步一个脚印，屡败屡战，不放弃不抛弃，最终登上了光辉的顶点。

确实，无数的事实证明，成功的人大都是怀才不"迂"的人。

所以，一个人要想成功，就得怀才不"迂"。

那么说到这里，我相信，就会有不少朋友会问，怎样才能做到怀才不"迂"呢？根据我的正反两方面的体会，有以下三点：

首先要做到有才不恃，做长期艰苦努力的思想准备并付诸行动。俗话说，聪明反被聪明误。一个人有很高的天赋，本来是好事，但是光想仰仗天赋就成了坏事了。中国古代有江郎才尽的故事。江郎何以才尽？我看就是迷信聪明，不肯再吃苦了。在勤学苦读方面，古人讲得太多了。什么"书山有路勤为径，学海无涯苦作舟"；什么"宝剑锋从磨砺出，梅花香自苦寒来"等等。特别是王安石所说的"看似寻常最奇崛，成如容易却艰辛"，道出了成功的秘密，就是要付出长期艰苦的劳动。我们平常都看到过这样的人，他们学也学了，就像大多数人那样，随大流而学；他们苦也吃了，就像大多数人那样，随大流而苦。这是不行的，是不能脱颖而出的。只有付出比别人更多的汗水、比别人更多的辛苦，才能攀得比他们高，走得比他们远。所以有的人的"迂"，就表现在，对吃苦的浅尝辄止，刚刚静心读了两天书，就说下了很大的工夫，就想上名牌大学，不是很可笑吗？

　　其次是要经受住挫折和成就的双重考验，既不在困难面前屈服，也不在成就面前倒下。人生前进路上的困难要知道有多少，那就请看看杨万里的诗："莫言下岭便无难，赚得行人空喜欢。正入万山圈子里，一山放出一山拦。"好一个"一山放出一山拦"，那叫困难无数哇！大家都知道《西游记》中的唐僧取经，一路上穿山越水，降妖伏魔，经历了九死一生，可那唐僧从没有动摇要到西天的决心，最后经过"九九八十一"难，才取回了真经！前几年流行一句话，叫"苦不苦，想想长征两万五；累不累，想想革命老前辈"。当年的红军，上有敌机轰炸，下有敌军围追堵截，强渡大渡河，爬雪山，过草地……多少人付出了生命的代价，可是他们没有停止向前的脚步，终于到达了陕北。除了困难对人的考验外，成就也是对人的一种考验。有人曾经对中国历史上做出重大成就的名人做过统计分析，其中出身于状元的只占极少数，而大部分都是一般进士或者名落孙山乃至没有参加过科举考试的人。为什么许多状元成名之后反倒走向了默默无闻？那是因为他们躺在已有的成就上睡大觉了，不肯再努力了。试问，我们平常遇到的困难能够和长征相比吗？再试问，我们平常取得的成就有比中状元还荣耀的吗？可就有那么一些人，他们刚过了两道坎，就幻想一马平川了；刚受了两次挫折，就喊叫起"老天爷你为什么那样不公平"来了；刚拿到了两张先进工作者的荣誉证书就激动得睡不着觉了……那不也同样是"迂"吗？

三是要保持低调，谦虚做人，尊重领导，团结群众。毛主席说："虚心使人进步，骄傲使人落后。"一般而言，有才的人最容易骄傲。当他们有点才华以后，就觉得自己了不起了，就把尾巴翘到了天上，目中无人，骄傲自大。这是很危险的。我们知道，真正的人才应该是德才兼备的人才。而那些有才无德的人，才能越高越会对人民的事业造成危害，也越会被群众所排斥。因此，一个有才的人，应该特别重视自己的思想道德修养，做到时时以德统才。曾经有人提出，虚心就是人才。我的体会是，一个人才，只有虚心了，才能得到群众和领导的认可，也才能把自己的聪明才智发挥出来。可是有的所谓人才，确实有点小本事，或者做出了一点小成绩，便马上傲得不行了，不服气这个，不服气那个，甚至连老专家、老领导他都看不上了，总是拿自己的优点同别人的缺点比，同领导和群众的关系都搞得非常紧张，这不是既"迂"又笨吗？这样的人，人们避而犹恐不及，又怎么会使用他，给他发挥重大作用提供支持呢？

　　十"聪"不敌一"迂"。一个人只有做到怀才不"迂"，才算真正有才。

自助·人助·神助

　　唐天宝十年（751 年），38 岁的钱起参加由尚书省礼部主持的"省试"。进入考场的前一晚，他做了一个梦。醒后，虽然具体的情节已恍然忘却，但从空中传来的歌声"曲终人不见，江上数峰青"依然清晰如犹在耳。第二天进入考场，试帖诗的题目是《湘灵鼓瑟》。他稍加思索，便一气呵成了 10 句诗。可是到最后的两句，无论如何再搜索枯肠，也写不出来了。忽然，"曲终人不见，江上数峰青"的歌声再次在耳畔回响，他心中一阵狂喜，真乃是"踏破铁鞋无觅处，得来全不费工夫"，便将此二句续入诗中作为结尾。主考官看了拍案叫绝："妙哉，妙哉，如有神助！"立即大笔圈定，钱起进士及第。

　　历史上类似钱起这种幸运"神助"的虽然只是少数人，但历代绘声绘色的传闻似乎从不绝迹。中国的如苏东坡，他在密州（治所在今山东省诸城）任上时因梦见亡妻王弗，于是有了著名的词篇《江城子·乙卯正月二十日记梦》；外国的如德国化学家凯库勒，在梦境中看到了一条首尾相连的飞舞的长蛇，醒来后便画出了苯的分子式（另一说是奥地利中学教师约瑟夫·劳施密特于 1861 年发现的）。更奇的是，1947 年 8 月 26 日刘邓大军千里跃进大别山，几乎全是徒步渡过淮河。而部队刚过完，上游的洪峰就不早不晚地赶来了，一下子把尾随其后的国民党追兵隔在了淮河北岸。如此等等，便有人称之为神助。

不言而喻，世间一切事物的生存都不是孤立的，都需要条件。尤其是人的成功，更是如此。这些条件除了靠自身的努力获取外，机遇和他人的帮助也是必不可少的。于是就有了神助（机遇）、人助和自助的说法。我周围的许多人非常迷信人助，尤其是神助。但在我看来，首先是自助，这是第一位的，其次是人助，最后才是神助。自己不努力，连做梦都想依靠、依赖别人的帮助和老天"恩赐"，用"痴人说梦"来形容他们最恰当不过。

说别人依靠不上，确实是事实，但并不是事实的全部，换个角度看，还真有依靠上的。扪心自问，谁没有得到过他人的帮助？如果连这个都否定了，不是白痴，就是没有天良。问题的关键是，别人的帮助还得通过自身的"消化吸收"才能转化成效果，不是谁一被帮助就能立竿见影、取得实效的。就像我们可以把一个跌倒的正常人扶起来，却不能把一个瘫痪的病人扶起来一样。所以，就算关键时候有人愿意帮助我们，我们首先自己得是一个身体、意志、心智达到一定"指标"的人，这样外因才可以通过内因而起作用。不是说"英雄识英雄"吗？诸葛亮能够帮助刘备建立蜀汉政权，却不能帮助刘禅保住政权。原因就在于两个人的素质不一样，所谓扶不起来的阿斗，朽木不可雕是也。记得有谁回忆父亲给他的箴言是：流自己的血，洒自己的汗，掏自己的力，吃自己的饭。我想，或许不指望别人的帮助会得到帮助，而老是指望别人帮助，则很可能是靠山山倒，靠水水跑。

至于神助，尤其要丢掉幻想。前面举的钱起、凯库勒等人的例子，如果光看其表象，似乎是"天启""神助"，有着奥妙的神秘主义色彩。但若究其实质，乃是潜意识的积累、积蓄到一定程度后的爆发，是创造力从量变到质变的飞跃。那些所谓的神助者，正是由于长时间的全身心的投入，废寝忘食，孜孜以求，痴迷乃至疯狂的钻研和思考，日有所思，夜有所想，才有了突然间的灵光乍现，戏剧性地获得了梦寐以求的结果。

珍惜你的拥有

金庸先生概括人生有"七苦"。生老病死为"四苦"，此外还有"三苦"，一为"冤家会"，二为"爱别离"，三是"求不得"。金庸先生为什么把"生"也看作一苦呢？因为，在先生看来，一个人只要认真地生活，就会遇到许多麻烦和苦恼。要说，这个理还真是个理，不过，品味中，我油然而萌发了一种说不清楚的东西，咋觉得"生"和"老病死"得有点区别。因为"生"也不尽是痛苦，谁的生活中没有过欢乐的时光呢？但不管怎么说，金庸先生对人生的感悟是很深刻的。在人短如白驹过隙的一生中，真的是有很多的苦恼。

纵观人生"七苦"，有的是生命过程中固有的东西，谁都不能幸免，如"老、病、死"等，采取"既来之，则安之"的态度，"战略上藐视，战术上重视"就行了；至于其他几种，追根寻源都与人的欲望有关。这就要给欲望安个"平衡器"，不要让它成了脱缰的野马，大致如"蹦起来摘桃子"那样，努一点力，能够到手的，就发放"许可证"，如果差得多，干脆就毙了它。再一点，就是珍惜拥有，决不能干"赔了夫人又折兵"的买卖。就像爱吃鱼的鲁相公孙仪一样，为了能够永远吃到鱼，决不接受别人的行贿之鱼。曾看过莫红的一篇文章，叫《不要随便牵手，更不随便放手》。我的理解，"不要随便牵手"就是不要随便放飞欲望；而"不要随便放手"就是珍惜拥有。

对于拥有的东西，"当时只道是寻常"，我们常常随便放手。因为拥有，我们"解除了思想武装"，漫不经心，直至麻木，不知道尊重它们，甚至野蛮地处置它们。尽管它们拥有非同寻常的价值，我们也在所不惜，终至"弃之如敝履"。之所以这样，是因为当初在得到它们之后，渐渐地，我们的心已不再有昔日的温度。就像金庸所说的为"求不得"和"爱别离"所苦那样，我们只是对得不到和已失去的东西耿耿于怀，至于对手中正在拥有的东西，非要折腾到重新失去的时候才会扼腕叹息，才会倏然升腾起炽烈的挽留乃至再次拥有的强烈欲望。然而为时已晚，就像泼出去的水，咋也收不回来了。特别当我们面对随后接踵而来的似曾相识的、千娇百媚的"新事物"时，我们惊讶地发现，我们的心小得已经接纳不了它们了。旧有的离去在我们的心中挖了一个巨大的疮洞，没有任何的东西可以填补、可以疗伤。我们出现了无法遏止的排异反应，念念不忘前者，似乎它们的一切，包括曾经不顺眼的缺点，都化成了美好。我们冷酷地、无情地百般挑剔后来者，遗憾地发出"曾经沧海难为水"和"千帆过尽皆不是"的感慨。但是，这一切还有什么用呢！回忆的泪水遮住了我们的眼睛，我们一叶障目，拒绝"新事物"。窗外阳光再灿烂，莺声燕语再动听，也打动不了我们。我们完全沉浸在消失的过去中，在虚无缥缈的幻境中孤独跋涉，拒绝陪伴，拒绝解脱，痛苦不能自拔，而且形成恶性循环，愈是痛苦，记忆便愈加清晰。记忆愈加清晰，便愈是痛苦，甚至决心赴死，了却残生。在寂寞与痛苦的回忆像幽灵一样撕咬着我们的每一根神经的时候，我们终于明白，拥有时不知道珍惜，回首时一切都已化为泡影。

珍惜你的拥有吧！

打造你的人格魅力

12月17日，"2007中国演艺名人公众形象满意度调查"揭晓，姜昆、彭丽媛、成龙、濮存昕、赵雅芝获前五名。许多媒体在报道此事时赫然的主标题是："有的让人尊敬，有的让人轻视"。很显然，这里的"公众形象"在一定意义上就是"人格魅力"。

这些年，"人格魅力"成为最流行的词语之一。人们研究它、追逐它，希望拥有它，可它总是和一些人捉迷藏，云遮雾罩，扑朔迷离，似真似幻，若即若离。有时候看似正要与之飘然面对时，却眨眼间擦肩而过；而有时候似乎一点感觉都没有，却愣是突然间从天而降，让你猝不及防。就像姜昆获知得奖时的第一反应是"我能得第一？"人们确实很难看清它的庐山真面目。

其实，人格和人格魅力都是非常抽象的，属于那种可以意会却很难描摹述说的无形的"感觉"。可是，尽管它们看不见、摸不着，表面上似梦似幻，但它们又都实实在在地影响着我们的工作和生活。某些时候，其影响力之大犹如旋涡暗流，会令手握权力和金钱而又对之十分迷信的贵人们措手不及，徒唤奈何。

简单地说，一个人只要能在一定程度上受到别人的欢迎和喜爱，就可以看做是具备了一定的人格魅力。应该说，在人格魅力中，人格是第一位的，是"因"，而魅力是第二位的，是"果"。一个人如果没有人格或者缺失人格，自然也就没有魅力。所以，单纯追求人格魅力是没有用的，要追求就要追求人格的升华。

说到这里，人们自然会问，到底什么是人格魅力。我的体会是，人格魅力是以道德品质为主体，以性格、气质、知识、能力为四肢的人的"精神版本"，即与人的有形的、物质的身体相对应的无形的、精神的形象。二者一实一虚，相辅相成，构成了一个完整的全部的人。如果换一个角度看，人格魅力是人除了体魄以外所拥有的能作为权力、义务主体的资格和实力。虽然人格魅力是以道德品质为核心的，但性格和气质则是开在其上的最鲜亮的两朵花朵，最能引发其他人的说不清道不明的倾慕或不屑。性格和气质既有先天遗传的"基因"，也有后天通过教育或潜移默化的影响乃至主动加强思想修养形成的因素。当然，人格的魅力也因感受者的不同而不同。不是有个东施效颦的故事吗？在东施看来，西施蹙着眉头、弯腰低头的样子很美，为之心仪乃至仿效。应该说，这里边有西施的人格魅力的作用，具体到这件事上是"气质"的吸引力，但也有一定的性魅力的力量，尽管发生在同性之间。在实际生活当中，人格魅力会和性魅力共同发生作用，但性魅力是短暂的，能够长远起作用的是人格魅力。打个比方，人格魅力是主根，性魅力是枝梢。在人的社会性中，人格魅力实际上是一个人的软实力……

人格魅力是亲和力。我们谁都有这样的体会，似乎有些人生来就有与人交往的天性。他们处世待人，一喜一颦，一举手一投足总是那么自然得体，不经意间便能引起他人的注意和喜爱。说实在，谁不渴望与周围的人和谐相处？谁不想获得他人的友谊、信任和尊敬？所以，当我们面临友谊竞争而处于劣势的时候，就一定要反省自己是否缺少人格魅力。我们决不能和别人"明火执仗"地争友谊，这样争是争不来的。我们要做的只是不断努力健全自己的人格而已。人格高尚了，友谊就会不期而至。还是以上边提到的演艺名人为例吧。要说他们的演艺水准都达到了很高的层次，很难说谁就比谁演得好。之所以公众形象会有悬殊，差别就在人格上。像有的名人始终保持着谦虚谨慎的作风，和蔼可亲；而有的则盛气凌人，不可一世。所以，尽管有些人的演技很高超，亲和力依然上不去。

人格魅力是号召力。世界上除了自然力以外，最强大的力量恐怕就是权力和金钱了。但是话说回来，仅靠权力、金钱推行自己意志的人是悲哀的。一个人可能做到总经理，可以成为大富翁、富婆，但都不一定有强大的号召力。有时候在台下的无权无钱的人竟然会比他们还有号召力，这就是人格魅力在起作用。所以，一个人要想得到他人的真诚、自愿的合作，就必须有人格魅力。俗话说，士为知己者死。这不是仅靠权力和金钱就能做到的，有时候权力和金钱甚至显得苍白无力。豫剧大师常香玉就是这样有人格魅力的人。1950年抗美援朝战争爆发，她提出捐献一架飞机，但实际上她拿不出那么多钱，可她的义举感动了全国人民。所以她演到哪里，哪里的剧场都是爆满。由于全国人民的大力支持，很快凑够了买飞机的钱。这就是常香玉的人格魅力起到了号召力的作用。

人格魅力是战斗力。三国演义中有《死诸葛吓走活仲达》的故事。为什么雕个诸葛亮的木偶像，就把司马懿的大军吓跑了呢？当然，这里边有诸葛亮作为伟大的军事家的一面，但更重要的是他的人格力量。因为诸葛亮治蜀的十多年中，抱着鞠躬尽瘁、死而后已的精神，忠君爱国，事必躬亲，这就不仅让他的敌人害怕，还让他的敌人尊重。所以，聪明的蜀军借助诸葛亮的形象打心理战，使诸葛亮的人格魅力发挥了战斗作用。

总之，人格魅力是一个人在别人心中的形象，是别人眼中更真实的自己。一个人的人格魅力指数上去了，这个人要么就是走向了成功，要么就是离成功不远了。

打造你的人格魅力吧。

别跟过去过不去

过去的事情、过去的生活，过去的一切一切，确确实实是过去了。无论是好，也无论是坏；无论是笑，也无论是哭；无论是甘甜，也无论是苦涩；无论是幸运，也无论是倒霉；无论是成功，也无论是失败；无论是光环，也无论是耻辱，反正都成历史了，一样也改变不了了，就应该彻底忘记，彻底放弃，彻底埋葬，从零开始，迈步从头越。

但是，偏有一些人跟过去过不去。

最常见的"跟过去过不去"，是对曾经的厄运、苦难、失落、屈辱、无助和疮疤，特别是天上掉下的馅饼竟然一转眼变成了砸脚的"铁饼"钻牛角尖，耿耿于怀，懊恼不已，死死嵌下保存键，刻在脑子里，不肯刷新，历历在目，心一直在滴血。他们整日里不是悔，就是恨，或者是怨，唉声叹气，以泪洗面，把自己淹没在悔恨交加的汪洋大海里，不仅骂苍天、命运捉弄人，还城门失火，殃及池鱼，责难无辜的人，好像前途一片黑暗，明天就是世界末日一样。也有另一种的"跟过去过不去"，就是对曾经的侥幸、甘甜、欢乐和成功，包括捡到的一颗小小的糖豆，兴奋、陶醉起来没个够，要么觉得自己水平最高，能力最强，骄傲自满，不可一世，欲望急剧膨胀，雄心变野心，谁也不放在眼里；要么被耀眼的光环炫得花了眼，眩晕起来，躺在过去的成绩和功劳上，不思进取，忘记了一分耕耘一分收获，满眼都是海市蜃楼，总想幸运之神频频光顾，不劳而得，凭着守株待兔就能奇迹再现，成功复制，锦上添花，更上一层楼，实现三级跳，甚至连做梦也是天上掉馅饼，好像幸福、幸运和奇迹永远围绕在自己身边。这一种"跟过去过不去"从表面上看，好像没有与过去过不去的心思，但同样是背着沉重的包袱，停留在过去的泥沼里不能自拔。

跟过去过不去，就是跟自己过不去。

我们每个人都是一辆车子，行走在空间的道路上，而时间则是驭手。当我们走过了"过去"的时候，不要以为我们还有现在，因为到手的现在又会毫不停留地成为过去。就是说，空间可以再回来，时间却不会再回来。时间这个驭手从来不给我们在过去里耽玩、回味、反刍的机会，更不会允许我们沉溺、沉湎、停留其中。时间唯一的特性就是"空前绝后"。"空前"者，是指前程无量，来日多多；"绝后"者，是指没有退路，一去不复返。就是说，它是单向行驶，不可逆转，没有回程票的。所以，我们必须向前看，即着眼将来。谁都有这样的生活经历：头一年底购置下第二年的日历，为了向前看；随后再一张一张撕掉一个又一个的过去，让过去真正成为过去。

但是，反过来说，如果谁要真的跟过去过不去了，沉溺、沉湎、停留其中了，那就说明他已经走到头了，他的生命就要终结了。

诚然，那些还在为过去懊丧、颓废或者痴狂、沉醉的人，尽管其肉体还有体温，有心跳，但不可否认的是，这期间他的精神世界没有与时俱进，他的生命之灯逐渐失却了光辉，已经阶段性地或者即将全部终结生命的意义，因为他成了行尸走肉，很可能没有将来。

跟过去高高兴兴地"过去"，说声拜拜，轻装上阵，就会继续往前走。所以，千万别跟过去过不去。

"舍而得"与"搅而和"

汉字神奇，汉字的组合更神奇。例如，"舍"与"得"，套用英语的语法概念，本是意义相反的两个动名词，但合在一起，"舍得"的意义就颇耐人寻味，给人一种"不舍焉得""舍而后得"的启迪；再如"搅"与"和"，也可以看做是两个意义相反的动名词，无所谓褒贬，可一组合，就成了贬义词"搅和"——制造矛盾或者胡闹。但如再玩味一番，又会会心一笑："搅"是"和"因，"和"从"搅"来……

以"舍"而"得"的例子比比皆是。工人做工，农民种地，学生上学，都是先付出劳动尔后得到劳动果实。就连人生的总体过程也是如此。形象的说法叫：年轻时"卖命"，年老时"买命"。"卖命"，就是"舍"，即付出体力和智力；而"买命"就是"得"，即以年轻时候打拼出来的财富益寿延年。这是从大的方面说，具体的小例子更是信手拈来：手压井压水，如不先倒进去一碗水，就压不出一桶水；没有春种一粒种，就不会秋收万颗粟。所以我们的先人说"欲取之，先予之"。就是说，先舍后得，以舍求得。毫无疑问，这是"得"的正确途径，更是一条颠扑不破的真理。如果谁想避开这个正确的方法，企图另寻"捷径""劫"得或者"骗"

得，要么竹篮打水一场空，要么失去更大，甚或违法犯罪被绳之以法。

事物因"搅"而"和"的例子也是司空见惯。糖溶于水要搅拌，和面、和泥也要搅拌。我们平常吃的面条，蒸的馒头，是否好吃，关键在于面和得是否"滋腻"。谁都有这样的体会，越是水、面"搅和"得充分，即"和"得充分，做成的面条就越是好吃。做陶器、瓷器也和做面条的道理一样，如果泥没有"和"到家就做不出上乘的好器具。原因在哪里？就在于通过"搅和"使不同的两种或多种物质接触得更加全面，达到了分子间的零距离接触，"水乳交融"，成了不分彼此的、难解难分的新"物品"。就好比和好的面团，我们只能说它是面团，而不能再称其为面粉和水。有句俗话，叫"不打不成交"，这个"打"就等于是"搅和"。

包括中学生都知道，进行液体间的化学反应是一定要搅拌的。在第一次世界大战期间，俄国制造的光学仪器，特别是军事望远镜清晰度不高，有关科学家很是纳闷，只好花巨资到英法等国考察。经过数次摧眉折腰的拜师，窗户纸最终被捅破后不禁哑然失笑。原来方法很简单，那就是一定要把石英熔浆搅拌再搅拌，让极其微小的气泡全部溢出。哈哈，他们在心里嘲笑自己，搅拌，一点科技含量都没有，如此简单而已。

如果再深入地想一想，为什么有的人做的面不好吃？为什么俄国人的望远镜清晰度不高？不言而喻，隐藏在后面的真实原因是他们舍不得下力气。据说，和面是个很累的活，特别是大食堂里的师傅，要把数十斤、数百斤面和滋腻，两只手不知道要"搅和"多少回。所以有的人就"偷工"了，于是他们做成的面的口感也就一般般。同样，要制造高清晰度的望远镜，单靠人工长时间搅拌滚烫的石英熔浆，不仅劳动强度大，又累又苦，而且也很容易成为"差不多"先生。即便使用机械搅拌，如果图省事，马虎应付，自然是得不到最佳的效果的。于是不该舍的"舍"了，那当然就"得"不到了！

世界上的事物就这样互相关联着，由"舍得"与"搅合"可见一斑。

坚持

拔河是一项最简单的体育运动，但是，越是简单就越富哲理。

一般而言，对抗的双方开始总能相持一段时间，渐渐地就有一方坚持不下去了，最后彻底崩溃，输掉。

拔河，从表面看，是力量的对抗，从本质上看，则是意志、信念的对抗。可以说，人数均等的双方不会有很大的力量悬殊，几乎势均力敌，旗鼓相当。所以，在这种情况下，力量的重要性退居其次，关键是看大家的合作，是否齐心协力，是否有顽强的斗志，是否有必胜的信念，是否能坚持到最后一秒钟。

其实，何止是拔河，几乎所有的竞技项目，所有的奋斗成功，都是如此。谁能坚持到最后，谁就赢了对手，赢得了胜利。因此，从一定意义上说，坚持就是胜利。

坚持就是胜利具有相对性。因为只有该坚持的时候坚持，即坚持对的，放弃错的，坚持才会和胜利画等号。否则，就是另外的结果。所以，能不能坚持，除了坚持本身以外，还有一个信念和知识的支撑。

所谓信念的支撑，是因为坚信只有这样做才是正确的，才符合道义，至于坚持下来能否成功，特别是眼下能否成功、自己能否成功并不重要。例如，革命者为了理想的实现而前仆后继地坚持斗争就是这样。

所谓知识的支撑，则是基于对形势的判断和对于事理的正确认识。

东汉建安五年（200年）正月，袁绍发布檄文，正式对曹操宣战。二月袁军进抵黎阳（今河南浚县）。八月，袁军主力接近官渡（今河南中牟东北），依沙堆立营，东西宽约数十里，曹操也立营与袁军对峙。九月，曹军一度出击，与袁军交战不利，退回营垒坚守。

在双方的相持中，曹军的处境越来越困难，前方兵少粮缺，后方也不稳固，曹操几乎失去坚守的信心。他写信给谋士荀彧，提出要退守许都。荀彧回信说："我军虽然粮草、军需困难，也不过像当年楚汉对峙于荥阳（治所在今河南省郑州市古荥镇）、成皋（今河南省荥阳市汜水镇）之间那样。那时，刘邦、项羽谁也不肯先退，因为先退就会势屈。现在您率领汉军以一当十，扼守要冲而使袁绍不能前进，已经半年，眼看着敌人就要势穷力竭了。其实，不只是我军困难，敌人更困难。我们要和敌人比决心、比毅力、比韧劲。只要我们咬紧牙关坚持下去，不让敌人前进，敌人必然会急躁、埋怨、吵闹、内讧，从而发生分裂、事变或其他动摇军心的问题。这正是出奇制胜的时候，千万不可坐失良机。"于是曹操决心继续坚守待机。

恰在这时，袁绍谋士许攸来降，建议曹操奇袭乌巢，烧袁军辎重。曹操立即实施，将袁军粮草全数烧毁。乌巢被破，袁绍大将张郃、高览投降曹操，进一步导致袁绍军心动摇，内部分裂，大军崩溃。曹军先后歼灭和坑杀袁军7万余人，袁绍仓皇带八百骑兵退回河北。

曹操的胜利归结到一点，就是坚持。

北宋开宝二年（969年）三月，宋太祖赵匡胤亲征太原。

开始，赵匡胤引汾河水直灌太原城，使太原成了一个孤岛。

但奇怪的是，从三月一直到闰五月，太原城墙除了掉下几块土渣子外，基本上什么事也没有。北汉一直在咬牙坚持，但宋军先坚持不下去了。因为正当盛暑之时，很多士兵水土不服，腹泻，精神萎靡，虚脱无力。

其实，宋军再困顿，也不会比北汉更困顿，赵匡胤完全有理由坚持下去，但最后，他还是放弃了。开宝二年闰五月中，宋军退兵。

宋军撤退之后，北汉决开堤坝，把浸着太原城的水放走。想不到的是，浸泡了数个月的城墙露出水面时竟然大范围坍塌。北汉君臣看到这个情形，个个都出了一身冷汗，深深地后怕。

当时契丹的使者韩知璠也在太原，喟叹道："宋师引水进城，只知其一，不知其二，如果知道先浸而后涸，则太原城必早早陷落了！"韩知璠此语可谓一针见血，赵匡胤哪里知道土城墙"先浸而后涸"后才会坍塌的道理呢。

赵匡胤半途而废的原因就是没有足够坚持。

尽管赵匡胤因没有坚持留下了千古遗憾，但要较之170年后岳飞在坚持上的困惑则不值一提。

南宋绍兴十年（1140年）七月，宋金于开封西南45里的朱仙镇交锋，金军崩溃。兀术只剩下最后一条路——渡河北遁。但一位书生拦住金兀术的马头说："太子毋走，岳少保很快就会退走了。"兀术问："岳少保以500骑破吾10万，京城（开封）日夜望其来，何谓可守？"书生说："自古未有权臣在内而大将能立功于外者。岳少保祸已不免，还想立什么不世之功，不是很可笑吗？"金兀术于是就留了下来。果然，宋高宗12道金牌召回了岳飞，要求与金议和。试想，兀术如若没有汉奸书生的拦截，宋金形势就会另当别论。但是，遗憾的是，岳飞真的班师南撤了。对于这件事，后世许多人都不能理解，认为形势这么好，何不坚持下来，直捣黄龙府，竟然对赵构俯首帖耳！其实，岳飞很清楚，一撤回去就没有希望了。但他还是坚持了正确的"坚持"。因为，他一定要坚持住人民群众认可的"精忠报国"的岳飞，如果这个岳飞变成了违抗圣命的岳飞，那他就是乱臣贼子，就站到了人民群众的对立面。所以，岳飞只能坚持服从，即常言所说的"军人以服从命令为天职"。

乌龟和兔子赛跑，驽马十驾功在不舍，行百里者半九十，说的都是坚持；头悬梁锥刺股，尾生抱柱，不抛弃不放弃，说的也是坚持；临财勿苟得，临难勿苟免，说的还是坚持……

无论是曹操的坚持，还是赵匡胤的半坚持，都是为着希望在博弈。其实，坚持有很多种。有些时候，不是因为看到希望才坚持，也不是因为坚持才会看到希望。而是明明知道没有希望而坚持，这就是岳飞的坚持。因为他是在自己做人的底线上挣扎着坚持，并没有任何功利的考虑和选择。所以，当一种坚持到了没有什么理由可以回答你的时候，那个"坚持"就叫悲壮！

野读

小时候我有"野读"的习惯。特别是夏日。

所谓"野读",就是到野外读书。如果再广义一点的话,只要是室外读书都可称野读。

夏日的田野,清风徐徐,蝈蝈和蝉在忘情地竞争谁是大地的歌王,扯着嗓子叫,高一声低一声,此起彼伏。玉米已有多半人高,谷子也快结穗了,黄豆、绿豆、豌豆开着朴实的花,红薯秧子横七竖八地向四周爬,几乎把地皮盖严。我一大早来到田里,把一块谷子锄了一遍,毛巾全湿了,浑身发粘。看看天空,天蓝云白,早晨还是一脸笑意的太阳不知道啥时候已把脸绷起来了。田野上空很静,没有一只鸟雀的影子。于是,我收起锄头,来到大柿树底下,摘下草帽,往屁股底下一垫,掏出书来。读呀读呀,等到读困了,就枕住锄把酣睡一场——这就是我年轻时野读的画面。

野读的书,一般都是闲书。所谓闲书,不外四大名著,唐诗宋词,中外现代小说散文。当时读书没有目的,就是爱好,就是从书中找乐趣,但慢慢地就有了功利性。特别到了高二、高三期间，一门心思要考上大学，就把功课学业放在了首位，疏远了那些闲书。呵呵，未能免俗啊，因为自己毕竟是温饱都没有解决的农家子弟，要考虑以后的饭碗。

由于野读，在小学四年级之前，我的古文已经达到了一定水平；也由于野读，我得以圆大学梦。

从古到今，爱野读的人很多。隋朝时候有个李密，他留下了牛角挂书的成语。据说，少年时代的李密，就是一边读书，一边放牛。

唐朝杰出的政治家、军事家刘仁轨更是一个以野读成名、靠野读改变命运的典型。隋炀帝大业年间，天下大乱，烽烟四起。出身贫家、年仅十几岁的刘仁轨沦为难民，四处流浪。尽管如此，刘仁轨却"恭谨好学"。他无论走到哪里，一坐下来，就拿着树枝在空地上写字，成了"树枝博士"。唐高祖武德初年（618 年），刘仁轨进入河南道安抚大使（相当于现在的河南省省长）、管国公任瑰的家里打工。有一天，任瑰给朝廷写奏章时因别的事情中断，再回来时却发现奏章被改动了几个地方，生色了许多，十分惊奇。一问，才知道是刘仁轨改的。嗬，原来人才就在身边！任瑰立即拿出一份赤牒，任命刘仁轨做了息州（今河南省息县）参军，大体相当于民政局局长。从此刘仁轨一"发"而不可收，出将入相，成为国之栋梁。

当代著名作家孙犁把野读称作"野味读书"。他回忆说，我对野味的读书印象特深，觉得乐趣也最大。山林高卧，一卷在手，只要惠风和畅，没有雷阵雨，那滋味倒是不错的。解放战争时期，孙犁在河北省河间县工作，大街的尽头有一片小树林。每逢集日，卖旧纸的小贩，把推着的独轮车停靠在一棵大柳树下。有一次，孙犁从他那里廉价买到两本《孽海花》，随即就坐在树下读起来，到了老年还回味无穷。

还有一种野读是夜间野读。囊萤映雪恐怕是最著名的夜间野读的典故了。

晋代孙康没钱买灯油，晚上不能看书。他觉得时间白白跑掉非常可惜。

一天半夜，孙康从睡梦中醒来，发现窗缝里透进一丝光亮。原来，那是雪光，可以利用它来看书。于是他立即来到屋外。对着雪光看起书来。

晋代的车胤和孙康一样，小时候虽然好学不倦，但家境贫困。为此，他只能利用白天时间背诵诗文。夏天的一个晚上，他正在院子里背一篇文章，忽然见许多萤火虫在低空中飞舞。一闪一闪的光点吸引了他。于是，他找了一只白绢口袋，随即抓了几十只萤火虫放在里面，再扎住袋口，把它吊起来。虽然不怎么明亮，但可勉强用来看书了。

唐朝诗人高适，年轻时曾"流寓于梁宋间"（即今河南开封、商丘一带）。后来开始苦志读书，有"四十犹聚萤"的说法。可谓车胤第二。

一位诗人说，"如果有天堂，天堂应该是图书馆的模样。"清朝薛福成的《天堂地狱说》也称："夫诗书之味，山水之娱，妙景良辰，赏心乐事，皆天堂也。"我以为，天堂应该是野读的模样。野读把薛福成所说的这四种情况完全交织在了一起，可谓超级天堂。

与谁同坐

　　人是最复杂的。所谓复杂，是因为人既要有物质生活，还要有精神生活。有时，物质的匮乏我们还能够咬牙坚持，最不堪忍受的则是精神的荒芜，情感的苍白。精神生活，说得简单一些，就是要有起码的亲情、爱情、友情的滋润、浇灌，要有一定的理想和追求。如果某人的精神生活荒漠化了，那么，可以断定，这个人不死即疯。

　　当一个人发现自己寂寞、孤独的时候，就说明这个人的精神生活出现饥渴了，需要补充精神营养。这时候，最简单的办法，就是有那么一个人或者几个人出现，陪你一起坐坐，和你聊聊天，给予你或者是亲情的关怀，或者是爱情的温暖，抑或是友情的帮助，使你的精神世界不再空虚乏味，重新光明起来。于是，我们就会想问，我与谁同坐，或是谁能与我同坐。

　　与谁同坐，我能与谁同坐，谁又能与我同坐，必然有一番选择与被选择，接受与被接受的思考。在这天地之间，在这物欲横流的浮躁社会中，或者在万籁俱寂的山乡夜晚，或者在灯光如梦的城市园林，抑或在华美温馨的厅堂寓所，能够与我们静坐、默对、喁喁私语，碰撞出心灵火花，且能够彼此包容的人在哪里，我们怎能不考虑、不慎问：我要与谁同坐，与谁共语，与谁偕行？

首先可以与我们同坐的是我们的父母。《诗经·蓼莪》说："哀哀父母，生我劬劳。"《诗经·小弁》说："维桑与梓，必恭敬止。靡瞻匪父，靡依非母。"父母生养了我们，恩比天高，德比海深。如今他们老了，我们也营建了自己的小安乐窝。但是他们是我们的根，我们要常回家看看，多陪陪他们。要多给他们报喜，让他们分享我们成功的喜悦；要给他们说说我们今后的打算，倾听一下他们的意见，让他们不再为我们的生活操心。虽然我们已经长大，已经自立，不需要他们再在经济上供养我们，但他们永远是我们精神食粮的重要源泉，我们这一辈子永远都离不开母亲的精神乳汁。所以，不要嫌他们唠叨，不要觉得与他们有代沟的隔阂。应该明白，在这个世界上，对我们最无私的人是他们，最能包容我们的人也是他们，他们的健康长寿就是我们的幸福。

其次，可以与我们同坐的是我们的另一半。"扬州八怪"之一的金农，一生穷困潦倒，晚年流落扬州，借宿扬州的一家寺院鬻书卖画度日。金农有一幅《荷塘忆旧图》，画面缀满茂密的荷花，清新明丽。空白处，有金农题的自度曲："荷花开了，银塘悄悄。新凉早，碧翅蜻蜓多少？六六水窗通，扇底微风。记得那人同坐，纤手剥莲蓬。"同坐的那人是谁？卿卿我我的吴侬软语说了多少？但金农铭记的偏偏是那人"纤手剥莲蓬"的细节！由此我想，此人若不是金农的夫人，也一定是他的情人。可画面上红花绿叶，碧水远天，长廊，栏杆，一片空寂，并无他和他同坐的人。金农之所以于此处"留白"，很可能是表明，金农画此画时，那人已经不在人世了。画画的人只能空留遗憾，把思念付诸一张画作。2014年12月2日，《大河报》登了一则消息，妻子因丈夫说了一句"我宁愿跟人家说话也不愿跟你说话，你就是孩儿他妈"，提出和丈夫离婚。据了解，男方在外忙工程，应酬多；女方在家带孩子，很孤单。由于平时双方很少一起同坐，沟通不畅，便产生了问题，影响了家庭稳定。后来，经过专业社工调解，双方才答应再给对方，同时也给自己一个机会。所以，多抽出一些时间陪陪自己的妻子或者丈夫，或许就能琴瑟和谐，家庭幸福。

最后，可以与我们同坐的是我们的朋友。人生有朋友是一大幸事。朋友之间交往不仅能够互相帮助，还能排遣寂寞。苏东坡在《点绛唇·闲倚胡床》中说："与谁同坐？明月、清风、我。"其实，一个人独坐于明月之下，清风之中，只是一种意境，或者说是一种无奈，并不是正常的生活状态。闲暇之时，独自欣赏、受用一下明月清风未尝不可，有时甚至还可以对之吟诗作对，附庸风雅，但确实不能"对影成三人"地久久沉醉其中。所以苏东坡接着说："别乘一来，有唱应须和。"如果花前月下有唱无人应和，简直就是死寂寞或者寂寞死了。苏东坡还在《前赤壁赋》中说："惟江上之清风，与山间之明月，耳得之而为声，目遇之而成色，取之无禁，用之不竭，是造物者之无尽也，而吾与子之所共适。"什么叫"吾与子之所共适"，乃"独乐乐不如众乐乐"也。当然，知人固非易事，交友乃是学问。一个人不见得与谁都能处得来，其间固然有信仰之不同，品行之优劣，利益之冲突等原因，但大多是因为性格不合，意气用事。所以，与人相处，一定注意不要议论别人，不要飞短流长。眼界高处心胸阔，学问深时意气平。四川乐山的乌尤寺有一副对联："本无外贼唯防我，各有来因莫羡人。"不防他人而"防我"的提法，让我们耳目一新。确实，交朋友最重要的是把自我修炼放到第一位。只要自己做到了尊重对方，换位思考，为对方考虑，不出语伤人，就一定会受到对方尊重。以恕己之心恕人，则全交；以责人之心责己，则寡过。古人云，人生得一知己足矣。若能如此交友，就不会有这种喟叹了。

有此"三坐"，则无不能坐矣。

玩的境界

有人说，玩是儿童的天性。其实，岂止是儿童，就是耄耋老人也爱玩。应当说，玩不是坏事。玩与劳作是构成生活的两翼，二者同等重要，且相辅相成，共同维系、平衡着人的生理、心理健康。事实证明，不会玩的人谈不上会工作；同样，不会工作的人其实也玩不好。该干则干，该玩则玩，干得努力，玩得开心，才是会生活的人。但是，正像人各有志一样，不同的人有不同的玩法，其境界有天壤之别。

一般说来，玩有三种境界。

第一种是亵玩。"亵玩"一词出自北宋哲学家周敦颐的《爱莲说》："可远观而不可亵玩焉。"亵玩的本意是亲近而不庄重，即狎昵。严格地说，这里把它借用过来作为玩的一种境界还是稍欠准确的。因为人们无论做什么事，其中也包括玩，其前提之一是一定要尊重所面对的对象。亵玩之所以不能与玩画等号，因为它与尊重风马牛不相及。亵玩其实就是对玩的亵渎和侮辱。这里之所以把它作为玩的一种境界，主要是因为干这帮勾当的人通常都堂而皇之地打着玩的旗号招摇过市。说穿了，亵玩就是放荡不羁，骄奢淫逸，声色犬马，就是不顾他人感受，满足一己的享乐私欲。李白有首《少年行》：五陵年少金市东，银鞍白马度春风。落花踏尽游何处，笑入胡姬酒肆中。"五陵年少"指的是唐代居住在首都长安以北（今咸阳附近）的豪侠少年或纨绔子弟。他们整日里酒足饭饱，无所事事，就骑白马跨银鞍到处游逛。在郊外胡闹够了，又撞入有胡女陪侍的酒肆中去饮酒作乐。这些浮浪子弟到处惹是生非，其行为早已超出了正常的玩的界限，不但践踏他人尊严，侵犯他人权益，而且还可能危害社会，触犯刑律，被绳之以法。这样的玩，有玩火自焚之虞，不玩也罢。

第二种是俗玩。所谓俗玩，就是一般的劳逸结合之玩，就是劳作之后的生理和心理的调整。这种玩，除了玩还是玩，没有别的什么目的和功利心。玩了，就达到目的了。例如工作之余或者工作间歇，下一盘棋，打一场球，看一场演出，放松放松；或者外出途中，打打扑克，打打游戏，买本休闲杂志翻两篇，打发一下旅途的寂寞和无聊，如此等等，虽谈不上多么高雅，却自得其乐。是最大众化的人人都有过的经历。

第三种是雅玩。所谓雅玩，关键在一个雅字。我们知道，事一涉雅，就与品位、文化挂上了钩。"玩"和"雅"一旦牵手，一旦发生碰撞，便有可能结就美好的"金玉良缘"，生出伟大的子嗣。可以这么断言，这世上几乎所有的泰斗、巨擘、大师都是由雅玩造就的。我们知道，职业与人而言就像婚姻，有可意的，有不可意的。那些可意的人就会以职业为中心，把工作当成玩。所谓把工作当成玩，并不是说，他们对工作马马虎虎，一点都不上心。倒是相反，他们对工作到了痴迷的程度。由于把工作当成玩，他们沉浸其中，感觉"味蕾"发生了"变异"，再苦再累他们也不觉得苦，不觉得累，反尔觉得快乐，觉得幸福。这样玩来玩去，最后他们把自己玩成了大家。记得有一位美籍华人科学家，在谈到自己的经历时，就说到自己并没有觉得工作是工作，有很沉重的负担。他只是觉得搞科研就是在玩，就像打麻将、下棋一样，唯有惬意和快乐。而那些对职业不喜爱或者不甚喜爱的另外一些人，有自己更钟情的业余爱好，比如爱好木工，爱好建筑，爱好书法，爱好收藏，爱好园艺，等等。于是，这些人就把玩当成了工作，几年、十几年、几十年地坚持下去，终于在某一天，忽然一下子成了大家，成了某个领域的权威。例如收藏大家马未都原先就是个工人，由于热爱文学和买旧物件，竟然走上了中央电视台的《百家讲坛》，成了当今最著名的收藏大家和文物鉴定家。

其实，对于我们这些平常人来说，玩就是玩，就是为了从中获取轻松和快乐。虽然雅玩有修身养性的功能，但也要根据自己的情况选择，不必跟风和附庸风雅。另外，搞雅玩决不能有功利心。成名总在无意间，越是追求成名越是难成名。

做"折"人

人生必须戒满戒盈，留有余地。正如俗话所说的那样，福不可享尽，势不可使尽，心机不可用尽。为此，不妨仿效商品打折销售的方法，做个"折"人。

干劲打一折。即不要满负荷工作。俗话说健康是金，但是工作和健康二者又不可偏废。人既不可为了健康不工作，也不能拼命工作而牺牲健康。有道是会休息才会工作，所以一般情况下，应该在疲劳之前就休息。注意，一定要记住，是在一般情况下。

吃饭打二折。俗话说，饭吃八成饱。吃饭不要全吃细粮，要做到"细中有粗"，控制肉鱼荤腥。美国科学家发现，人饥饿时，胃粘膜中会产生一种名为GHRELIN的激素，它除有激发食欲的作用外，还能"疗笨"，即能显著促进学习能力和记忆力。所以，平时一定不能吃到全饱。

承诺打三折。这话既包括"给予"，也包括"接受"。俗话说轻诺寡信。虽然说对人一定要热情相帮，但一定要量力而行，不能说大话、空话，更不能说假话。为了不失信于人，即使很有把握的事，也要忌口满。

更不能碍于面子，就随口答应。再说还有始料不及的情况和正在变化的情况。所以，一般情况下，要用"我尽量努力""我试试看"，千万不能说"包在我身上""绝对没问题"等大话，以免事情办不成陷于被动。同样，对于别人对自己的承诺，也不要轻易相信，毫不怀疑。这既有对别人办事不容易的理解，也有使自己避免"吊死在一棵树上"的尴尬和被动。托人办事时，最好交代一句"别勉强"，于己于人都有好处。

教子打四折。要与子女交朋友，平等交流。在给予他们必要关爱的同时，注意身教，教授知识不要"灌"，要注意引导、启发他们独立思考，并留给他们自由活动的空间和时间，让他们从自我的角度认知世界。

酒色打五折。俗话说纵欲伤身。酗酒、纵欲往往招灾惹祸，起码是损害健康，适当控制益处多多。为啥要打五折？因为它们是跷跷板，不妨"左"一点，宁缺毋滥。

夸人打六折。现代新观念提倡赏识教育，多看别人的优点，少说别人的缺点。但是夸奖人也不能不顾实际虚情假意，更不能抱有不良动机谄媚别人。夸人时既要做到对别人是一种鼓励，又要不损害自己的人格，所以还是要"吝啬"一点。

自评打七折。自我评价时虽然说应该实事求是，但毕竟是"自己称自己"，总不免偏爱的成分多。所以，纵然觉得自己十分好，也不要太相信自己的感觉。别人说好才是好。

"小广告"打八折。街上散发的小广告，啥牛都敢吹，啥愿都敢许，啥屁都敢放，除了那张纸是真的，别的都是假的。

听赞扬打九折。爱听好话是人性的弱点，自己当然不会例外。当别人赞扬你的时候，就像狐狸赞扬乌鸦有美丽的歌喉那样，十之八九是有求于你或者是要给你下套的时候。这时候你就得提高警惕，这只耳朵进那只耳朵出，一笑了之。

不良嗜好打十折。赌博、吸毒、嫖娼等不良嗜好，是社会的癌症，坚决不能沾，就是吸烟，我的看法也是要坚决杜绝。

最后，还必须强调，人生不是什么都可以打折的。理想、信念一定要像磐石那样坚定。特别是忠孝，一点都不能打折。忠于祖国，孝敬父母，是做人之大伦。为了人民，为了父母，必要的时候牺牲自己的一切，包括生命，是无条件的。

不求甚解的境界

晋陶潜《五柳先生传》称自己"好读书，不求甚解"，这是人生的一个境界。

读书，读懂了就可以了，一定要往深处钻，就觉得迷茫了。就像一个很熟悉的字，对着看半天，越琢磨越觉得不对劲，越琢磨越觉得不像……

读书如此，阅人亦如此。一个人刚看是人，盯着看就成了鬼了。

清代李密庵的《半字歌》说："饮酒半酣正好，花开半时偏妍"；今人编的《半字歌》说："半痴半聋半糊涂，半真半假半疯癫"。这个半字当然不能机械地"甚解"成50％。它不过告诉人们如何把握人生的"度"，即宁可不足，勿使过之。什么事一旦过了头，就走向了反面。

所以，我们活在世上，不要什么都追根刨底。特别对人，有个了解就行了，千万不要搞什么别出心裁的考验啦，试探啦，然后机械地对人做出总结：有什么优点，有什么缺点；最后得出结论：是个什么样的人，君子，小人，泾渭分明。甚至把人看死了，认为谁就不是干什么的材料，成不了气候，等等。可以说，在对人的认识和使用上，不求甚解是大智慧。

西汉刘向的《说苑·复恩》有一则楚庄王绝缨的故事。楚庄王有次宴请群臣，一直喝到天黑了，还点着蜡烛继续喝。正当楚庄王的一个宠妃在大臣席上敬酒时，蜡烛突然灭了，有个大臣就趁黑灯瞎火的当儿调戏庄王的宠妃，宠妃机警，一伸手把这个大臣的帽缨扯了下来，并跑到楚庄王那儿说出了这件事，请求楚庄王点灯追查。楚庄王说："是我请他们喝酒的，醉后失礼是人之常情，怎么能因此羞辱大臣呢？！"马上命令群臣说："大家都把帽缨摘下来，喝个一醉方休！"于是，此事不了了之。

三年以后，晋国与楚国交战，有一位大臣奋勇争先，五场战斗都冲杀在最前面，打败了晋军。楚庄王感到奇怪，就问这位大臣："我的德行不够高，从来没有重视过你，你为什么这样奋不顾身呢？"这位大臣说："我罪当死，我就是那次宴会上调戏美人的人，大王您宽宏大量，不但不治我的罪，还保留了我的面子，因此，我早就下定决心要报效大王，为您肝脑涂地，冲锋陷阵。"据说这位大臣叫唐狡。

"求甚解"说穿了，就是钻牛角尖。一钻牛角尖，再大的智慧都废了！

为你送上冬日暖阳

　　我小时候身子骨虚弱，又赶上贫穷，所以，冬天喜欢晒太阳——也叫晒暖。但古人风雅，称为负暄。

　　须晴日，无风或微风，找一处背风的角旮旯，往墙角一靠，就有一种钻热被窝的感觉，通身被幸福笼罩着。如果再坐在椅子上，闭上眼睛，"被风之爽，负日之暄"，简直就是活神仙了！

　　长大以后，离开了农村，住进了楼房，但还是会怀念在乡下晒太阳的日子。有时候还真有一种冲动，想找个适当的地方，拉上几个朋友，和他们分享负暄的惬意。确实，那滋味不同于住暖房和穿皮衣。嗨，冬阳是那样的祥和而温暖！映在脸上，就像父母的手在轻轻摩挲；洒在身上，亦如周身沐浴芳露，很快就由曛入醺，发出此间乐，不思归的呼叹！

　　殊不知，这个"享受"竟是两千多年前一个农夫的"发明专利"。

　　据《列子·杨朱》：宋国有一农夫，家境贫寒，只能靠服粗麻衣过冬，既不知天下有大厦豪宅，也没见过裘皮锦衣。但晒太阳很有一套，居然晒出了心得，晒出了灵感。一天，他得意洋洋地对他的妻子说："我发现晒太阳取暖的滋味妙不可言，而这样的法子却没有人知道。要是把它献给我们的君王，肯定会有重赏哩！"对于这个故事，不少人都认为是讽刺农夫，井底蛙一个，没见过世面。其实列子绝没有挖苦穷人的意思，人家那叫黑色幽默。就是让你想笑却笑不出来，后味很苦涩。这样表达出来的老百姓的苦难才更深刻。另一方面，列子又从哲学上揭示出了社会存在决定社会意识的道理。其实，憨厚农夫的想法并非无稽之谈，后世一些名人大咖也都是他的粉丝。这就让我们对农夫刮目相看。当然，最终是对列子刮目相看。列子的寓言质朴得掉渣。乍一看，不着边际，味淡如水；可是当你正要撤开时，却豁然开朗，觉得别有洞天，滋味悠长。就像这篇寓言，寥寥几十个字，但要写读后感和体会，可就洋洋洒洒了！

南宋文学家周密的笔记小说《齐东野语》卷四《曝日》称："冬日可爱，真若可持献者。"你看，周大学者尚且认定"可持献"，我们还能说农夫迂腐吗？杜甫《西阁曝日》云："凛冽倦玄冬，负暄嗜飞阁。"又云："毛发且自和，肌肤潜沃若。太阳信深仁，衰气欻有托。欹倾烦注眼，容易收病脚。"白居易《负日》诗云："杲杲冬日出，照我屋南隅。负暄闭目坐，和气生肌肤。初似饮醇醪，又如蛰者苏。外融百骸畅，中适一念无。旷然忘所在，心与虚空俱。"这两位大诗人堪称知农夫者。古人还把冬阳喻为"黄绵袄子"。宋人何斯举在《黄绵袄子歌》序中说："既晴，邻舍相呼负日，曰：'黄绵袄子出矣。'"既然冬阳是"黄绵袄子"，其长何止千丈万丈。白居易在《新制绫袄成感而有咏》里模仿杜甫"茅屋"情怀呼道："争得大裘长万丈，与君都盖洛阳人。"清代医家曹庭栋的养生专著《老老恒言》说："日清风定，就南窗下，背日光而坐，列子所谓'负日之暄'也。脊梁得有微暖，能使遍体和畅。日为太阳之精，其光壮人阳气，极为补益。"民谚也有"冬日晒太阳，胜似喝参汤"之说。

应该说，晒太阳能起到一定保健作用，防治某些疾病是有科学根据的。首先，晒太阳可加快人体皮肤和内脏器官的血液循环、提高造血功能。特别是在防治儿童佝偻病、成人骨质疏松症等方面，有显著疗效；其次，阳光中的紫外线就是"天然消毒剂"。所以，一般而言，冬日人们每天晒太阳 30 至 60 分钟好。

北宋名士谢无逸是个幽默的人。他故作神秘地说："薰然四体和，恍若醉春酿。此法秘勿传，不易车百辆……"什么秘勿传，不就是晒暖吗，是不是想发财想疯了……呵呵，真逗。

其实，大自然到处都是如梦如幻的画和亦真亦幻的诗。在寒冷的冬天里，我愿意"穿越城市的声浪，推开冷漠的心墙……为你送上，冬日暖阳……"让你蜷缩的身体温暖起来，舒张开来，走出阴冷，走出潮湿。

第四辑　文丝史片

古诗词里的横塘

唐诗宋词里有一个金屋藏娇的地方，叫横塘。

横塘是由唐汴州（今河南开封）一个叫崔颢的"风流才子"开发并注册的诗词意象商标。崔颢年轻时，在江宁（今江苏省南京市）写了一组《长干曲》组诗，其一是：

> 君家何处住？妾住在横塘。
> 停舟暂借问，或恐是同乡。

崔颢曾凭借一首《黄鹤楼》把江夏（今湖北武昌）的黄鹤楼打造成了"崔颢牌"，如今，他又把横塘喷洒上了爱情的香水，吸引着天下的才子们趋之若鹜。

于是，一个少年天才踏着历史的节拍到横塘来了，他就是晚唐福昌（今河南宜阳）一个名叫李贺的著名诗人。李贺写了一首《大堤曲》，第一句就是："妾家住横塘，红沙满桂香。"让横塘再度升值。

好像命运注定横塘要大红大紫。到北宋时，卫州（今河南汲县）词人贺铸更是以一首《青玉案》把横塘推上了顶峰：

凌波不过横塘路。但目送芳尘去。锦瑟华年谁与度？月桥花榭，琐窗朱户，只有春知处……

好一句"凌波不过横塘路"！就凭这句话，贺铸就像推拉一个高档照相机的长镜头一样，一下子就把横塘拉到了读者面前，但是，还没等读者看清轮廓，他就"目送芳尘去"，又一下子把她推到了虚无缥缈的远方。此后，横塘就被定格到了古诗词里，谁想看她，地面上找不到，只能翻唐诗宋词。就像人们要看美丽的嫦娥，只能抬头看月亮一样。

看得见却看不清爽，这让不少人为横塘发狂。后来，横塘更是像捉迷藏似的在古诗词里亮相。这些多达数十处的横塘，很难说得清是确有其地，还是泛指，可谓到处都是横塘，到处也都不是横塘。

朦朦胧胧的横塘很美。因为越是看不清，就越是想看清，越是想看清，就越是万般怜爱，而且梦寐以求地想找到她最原生态的地方。横塘就这样鼓荡着不少文人雅士的意气，令他们躁动不安，并最终下定决心，像朝圣般不远千里地寻找心目中的横塘。

上世纪七八十年代，著名学者、北京大学教授张中行到苏州住了半个月。他坐汽车西行 3 次，往返过横塘 6 次。每次过，看江水，看路旁的房屋，心里都泛起"河汉清且浅，相去复几许"的思情。张中行说："这是由贺铸的一首《青玉案》词引起的，词的开头是：凌波不过横塘路，但目送芳尘去。我读，同人闲谈，常常接触这首词，以为与大江东去，浪淘尽、千古风流人物 之类所谓豪放的相比，这写的才是词境，值得用心灵去吟味。"

张中行一生感情生活很是跌宕，这一点也许与贺铸相同。所以，他到苏州寻觅心灵的慰藉就不足为奇了。《中吴纪闻》记："（贺铸）有小筑在盘门之南十余里，地名横塘，方回（铸字）往来其间。"又《能改斋漫录》："方回眷一姝，别久，姝寄诗云……"总之，贺铸曾经在这里"目送芳尘去"，在这里为爱盘桓，为爱等待，为爱受尽相思苦。我想，假如这里还有一处贺铸的旧居，不知会有多少人来此寻幽探微，"目送芳尘"。

其实，苏州横塘旧貌的消失，已有一二百年了。进入新世纪以后，苏州市把这块风水宝地规划成了苏州国际教育园北区，5所大学进驻。所以，尽管从唐诗宋词里移栽过来的垂柳依然妩媚，尽管多处人造景观流光璀璨，相映成趣，但横塘的灵魂已经逝去了。

横塘，你能像画中人一样，走出古诗词，落地生根吗？

夜读说"炳烛"

如果你是一个爱读书的人，漫漫长夜就不会觉得难挨，只会觉得倍加亲切难舍。其时，市井消歇，千门闭户；车船停靠，万籁俱寂。没有了喧嚣，没有了吵闹，于是静下心来，先享书香，再入梦乡，简直是神仙般的生活。

小时候读了很多古人读书的故事，如孙康映雪、车胤囊萤等。这二人的故事虽然涉及夜读，但更大的意义和亮点是励志，即赞扬穷且益坚，不坠青云之志。同样西汉刘向《说苑》里的《师旷论学》，虽然有"炳烛"之说，其实也是说的励志。不过它偏重于老年励志，即学无止境，学无老少，任何年龄都应该抓紧学习。但是，正因为这"炳烛"二字，一些人便误以为是在说夜读。邓拓先生即是其中之一。他在《生命的三分之一》(《燕山夜话》P6，北京出版社，1979年4月第1版)一文中说：

"晋平公问于师旷曰：'吾年七十，欲学，恐已暮矣。'师旷曰：'何不炳烛乎？'在这里，师旷劝七十岁的晋平公点灯夜读，拼命抢时间，争取这三分之一的生命不至于继续浪费，这种精神多么可贵啊！"

为了正确理解邓拓先生引用的这段古文和对"炳烛"的解读，这里不妨把《师旷论学》续全：

"平公曰：'安有为人臣而戏其君乎？'师旷曰：'盲臣安敢戏君乎？臣闻之：少而好学，如日出之阳；壮而好学，如日中之光；老而好学，如炳烛之明。炳烛之明，孰与昧行乎？'平公曰：'善哉！'"

这里的"炳烛"，其实只是师旷的比喻。

应该说，"炳烛"就是点烛。但先秦时所称的烛，只是火把而已，还不是后来的烛。根据唐朝学者孔颖达在《曲礼》中对蜡烛的解释："古者未有蜡烛，唯呼火炬为烛也。"据考证，蜡烛和烛台是东汉末年才有的。古诗中有的关于"秉烛"的说法，以及《师旷论学》里的烛，其实也是火把。但也有很多时候，"炳烛"之烛是指蜡烛，如唐朝韩翃《寒食》中"日暮汉宫传蜡烛，轻烟散入五侯家"即是。诗中说的"五侯"，指的是东汉桓帝在一天之中封了五个得宠的宦官为侯，世称五侯。这也反过来证明，蜡烛是在东汉年间才出现的。但师旷所处的时代要比东汉早得多，所说"炳烛"显然没有"点灯夜读"的意思。邓拓先生虽然立意是好的，但有点望文生义了。

这几天夜夜读《燕山夜话》，受益匪浅。指出文中的一点疏漏，也算是夜读中收获的一个副产品吧。白璧微瑕，一点都不影响《燕山夜话》作为杂文经典的光芒。

三分历史，七分文学

河南省通许县县城东 1.5 公里处，有个三里岗村。村头有一圆丘形墓冢，据说是战国名将庞涓的坟墓。

庞涓的名声太大了，但不是好名声。记得小时候看一本《孙庞斗智》的小人书，直看得惊心动魄。

孙、庞的故事是根据《史记》演绎的。庞涓和孙膑是同窗，两人非常要好。离开老师后，庞涓当上了魏国的将军，还接孙膑同为魏国效力。这本来是好事，但故事告诉我们，这是庞涓的一个阴谋。原来庞涓嫉妒孙膑的才学，一心要毁了孙膑。于是就捏造罪名，指使人诬告孙膑私通齐国。

孙膑被下狱后，庞涓虚情假意地向魏王求情，免去孙膑死罪，处以刖刑，即把孙膑的两个膝盖骨给剜了。孙膑装疯卖傻，终于逃到齐国，被齐王任命为军师，协助田忌征战魏国，与庞涓展开了一场生死较量。

孙膑与庞涓的对决，本是国家利益之争，但被人揉进了个人恩仇。

其时，魏、齐打了一场桂陵（今河南长垣县西南）之战和一场马陵

（今山东莘县西南）之战。各种史料对此说得都很骨感，且多有矛盾之处。唯有《史记》，对于直接导致庞涓之死的马陵之战描述得绘声绘色：

魏国攻韩，韩向齐求救。齐国派田忌为将，孙膑为军师，直攻魏国大梁。

庞涓恨得咬牙切齿，去韩而击齐，要与孙膑决一死战。

孙膑向田忌建议：齐军诈为弱形以诱之。即用减灶之计。第一天设十万个灶，过一天减为五万个灶，再过一天减为三万个灶……

庞涓连追三日，见齐军灶迹，大喜，说："我固知齐军怯，入吾地三日，士卒亡者过半矣。"于是，丢下步兵辎重，只率轻锐，加速追赶齐军。

孙膑料定魏军日暮时分赶到马陵。于是命人把一棵大树削去树皮，在白木上写"庞涓死于此树之下"。然后命万名优秀弓弩手，埋伏道路两旁，约定"暮见火举而齐发"。

果然，庞涓于夜晚来到此地，看见树上有字，便取火来照。忽然，万箭齐发，如黑风急雨，魏军顿时混乱。庞涓自知智穷兵败，拔剑自刎。

古时的战争，残酷而单调。但在后人的陈述铺垫中，特别是经过集历史学家与文学家于一身的司马迁的生花妙笔后，不仅串起了完整的故事脉络，而且趣味性极强。

但是，我的疑问是，这是事实吗？

1972年4月，山东省临沂银雀山汉墓出土了《孙膑兵法》竹简。其中有《禽庞涓》一段。此文并没有说孙、庞是同学，更没有减灶之计，而且地点是桂陵。孙子曰："请遣轻车西驰梁郊，以怒其气。分卒而从之，示之寡。"于是为之。庞子果弃其辎重，兼趣舍而至。孙子弗息而击之桂陵，而擒庞涓。

我想，庞涓的故事如果不是司马迁瞎编的，就是司马迁吸收、融入了古代的口头文学。口头文学追求新奇，添油加醋，越传越玄乎，到后来就面目全非了。司马迁这么写，把枯燥的历史变成了文学，能让人爱读。但庞涓也就成了类小说人物，或者说他是三分历史，七分文学。

毋庸讳言，庞涓是个失败者。但庞涓只是个战场上的失败者，其他方面未必都这样。由于所谓的孙、庞个人恩怨只有《史记》一家之言，很可能就是胡扯淡。再说，减灶之计也只存在理论上的可能，军事现实中根本无法实施。试想，"十万灶""五万灶"什么概念？都是漫山遍野呀！一天减那么多，鬼才相信！再说，逃兵要抓到活的才能坐实，凭一大片灶台就轻易下结论了？也太不拿庞涓当军人了！还有，1 万名弓弩手，用得着吗？100 名就把庞涓射成刺猬了！如果我是庞涓，就停止追击了，因为按照"减灶"的逻辑判断，再过两天齐兵就跑光了。休整一下，直接派一个小卒子，把下肢瘫痪的孙膑提溜过来就行了，这才叫"不战而屈人之兵"哩！总之，好事都是花大姐，坏事都是臭丫头。往失败者身上乱泼脏水，这是人性劣根性的表现。

庞涓兄弟，别在乎，反正人也死了，说什么就叫人家说吧。

德教重于智教

《史记·留侯世家》里记载了遭遇国破家亡的韩国公子张良，在外流亡时遇高人指教的故事。

有一次，张良在下邳（治所在今江苏省睢宁县西北古邳镇东）桥上悠闲地走过时，遇到了一位穿着粗布衣裳的老人。他来到张良面前，径直脱下自己的鞋子并把它扔到桥下，然后扭过头对张良说："年轻人，下去把鞋给我捡上来！"张良非常惊讶，心想，这不是欺负人吗，想要打他一顿，但看是位老人，就竭力忍住气愤，下桥去把鞋捡了上来。谁知老人看都不看他一眼，命令式地说："给我把鞋穿上！"张良想发作，转念一想，既然已经替他把鞋子捡了上来，索性把好事做到底吧，于是就恭恭敬敬地给老人穿鞋。可是老人毫不客气，大咧咧地伸出脚来让张良把穿，而且穿好后连一声"谢谢"都没说，就笑着走开了。这样一来，张良更傻眼了，丈二和尚摸不着头脑，呆呆地看着他离去。老人走了将近一里路，又转回来，对张良说："你这个年轻人是块可造就之材！5天之后天亮时，在这里等我。"张良心中纳闷，但还是跪下说："好。"等到第5天天微微亮时，张良赶到桥上。老人已经等在那里了。老人生气地说："你跟老年人约会，怎么能迟到呢？"说完，撂下一句话"5天之后早点来见"，转身就走了。5天之后，鸡叫的时候，张良就到那里去。可是，老人又等在那里了。老人和上次一样，生气地说："为什么还迟到呢？"说完转身就走，同样撂下一句话"5天之后再早点来见"。5天之后，张良不到半夜就到了那里。过了一会儿，老人也到了，他很高兴地说："这样才对呀！"然后拿出一卷书，说："你读了这本书就可以成为帝王的老师了。10年之后你将建立功业，13年后你到济北（治所在今山东长清南）见我，谷城山下的那块'黄石'就是我。"说完就走了，再没有讲别的，以后一直都没有出现。天明后张良把那卷书打开一看，原来是《太公兵法》。张良感到非常奇怪，就经常反复地诵读它。后来用书中的知识辅佐刘邦建立了汉朝。

这个故事，很多人都当作传奇看待，再进一步，也不过理解为要成大事，一定要有礼貌，要能隐忍，先屈而后伸。当然，这些看法都是对的。但我认为，这里还蕴含了一个大道理，就是黄石公老人的教育思想——德教重于智教。试想，黄石公为何不把兵书直接传给张良，而是让他来了走，走了来，"如此者三"？这样做不光麻烦别人，就连自己也得起几个五更，同样很受累呀！由此我们不难体会到黄石公的良苦用心，乃是把德教放在第一位，先德教后智教。就是说，在传授知识之前，黄石公要用自己设计的"德育练习题"把张良的德操好好地打磨一番，使之提高到应有的高度。应该说，一个人读懂一卷书并不太难，但能不能把书中的知识用到有益于人民、有益于国家的地方去，不用于歪门邪道，才是最难的事。所以，知识重要，优秀的道德品质更重要。因此，在传授知识之前，直到学业有成的各个阶段，都应该把德育放到统帅的地位，做到以德帅智，以德统智。

黄石公已经远去2000多年了，可如今不少家长和老师们依然在"智教至上"的错误道路上摁着孩子"死读书，读死书"，不亦悲乎？

是不是可以这样说，黄石公才是中国历史上真正的"教育大家"！

刘禹锡的《金陵五题》

经历过多次局促繁华的六朝古都南京，到了唐宋时地位一落千丈，于是便出现了大量充满着抑郁哀伤情调的咏史怀古诗词。在金陵（今江苏省南京市，唐朝时叫秣陵）怀古诗中，刘禹锡独树一帜。他的组诗《金陵五题》主题深刻，立意高远，意象清峻，辞藻优美，影响巨大，其中尤以《石头城》与《乌衣巷》脍炙人口，令人叫绝。

石头城

山围故国周遭在，潮打空城寂寞回。

淮水东边旧时月，夜深还过女墙来。

乌衣巷

朱雀桥边野草花，乌衣巷口夕阳斜。

旧时王谢堂前燕，飞入寻常百姓家。

让人们意想不到的是，在写斯诗之前，刘禹锡并没有到过金陵。他是在"眺望金陵"与他人《金陵五题》的压力下写出来的，因此我称之为"眺战"出《金陵五题》。

在《金陵五题·引》中，刘禹锡说："余少为江南客，而未游秣陵，尝有遗恨。后为历阳（治所在今安徽和县）守，跂而望之。适有客以《金陵五题》相示，逌尔生思，欻然有得。"

这段话是说，"家本荥上，籍占洛阳"的刘禹锡，少年时期虽然随父亲在南方生活，却没有游历过秣陵，甚为遗憾。长庆四年（824 年）夏，刘禹锡由夔州刺史（治所在今重庆奉节东）转任和州刺史，即刘所谓的"历阳守"。在和州期间，刘禹锡有一次向着东北方向跂脚翘望，秣陵不过百里之遥，正好有一位客人写了一组《金陵五题》洋洋得意地拿给他看。于是，刘禹锡忽然出现了"眺（挑）战"的灵感，便同样以《金陵五题》为名，一口气写下了 5 首诗……

不言而喻，刘禹锡的"眺战"是成功的。在《金陵五题·引》中，刘禹锡接着说："他日友人白乐天掉头苦吟，叹赏良久，且曰《石头》诗云'潮打空城寂寞回'，吾知后之诗人，不复措词矣。余四咏虽不及此，亦不孤乐天之言耳。"这里，刘禹锡得意之情溢于言表，他借白居易之口告诉我们，他的这 5 首诗都达到了很高的水平。

令人遗憾的是，刘禹锡没有谈及站在一旁的客人的反应。不过，可以想象到，客人被镇得十分尴尬，要么呆若木鸡，要么双股战栗。大哥，一看您的，才知道啥叫诗！客人用火镰打着火，把自己的诗稿喂了火苗。于是他的那几首诗，以及他的有关情况，就都化成了灰烟，此后没有人知道他是谁，仅仅知道有这么一位客人"弄诗刘门"，而刘禹锡只是把他的诗当作引玉之砖。于是，这位客人和他的诗就这样消失在历史的云烟之中了。试想，如果这位客人没有把他的诗拿到刘禹锡面前炫耀，也许我们今天看到的是他的《金陵五题》……

宝历二年（826 年）冬，刘禹锡罢和州刺史回洛阳。返洛之前，为了不再留遗憾，54 岁的他一个猛子就"扎"到了秦淮河里，痛痛快快地"冬泳"了一番（刘禹锡游南京，这是有明确记载的唯一一次），并写出了《金陵怀古》《经檀道济故垒》等诗。客观地说，刘禹锡游览金陵后写的诗反而不及在和州时写的诗好。不过，这也很正常。因为，"后之诗人，不复措词矣"，也包括刘禹锡自己。

道是无晴还有晴

唐德宗贞元二十一年（永贞元年，805 年）八月，由王叔文、王伾素等人发起的"永贞革新"失败。九月十三日，作为王叔文革新集团重要成员的刘禹锡开始了长达二十多年的贬谪生涯。

长庆二年（822 年），刘禹锡任夔州（今属重庆）刺史，作《竹枝词》十一首。其一是：

> 杨柳青青江水平，闻郎江上踏歌声。
>
> 东边日出西边雨，道是无晴还有晴。

通常，人们把这首诗当作爱情诗解读。认为它是对一个初恋少女典型表情的"抓拍"和"特写"。少女爱着一个青年，可青年的真实态度还没有完全浮出水面。诗的第一句写少女眼前所见：微风中杨柳垂拂，江水缓缓流淌。第二句写少女耳中所闻：在这个惹动情思的季节，少女忽然听到了江边传来的青年的歌声，心里不由"咯噔"一动。第三、四句写她之后的心理活动。少女虽然很爱这个青年，但青年的爱却云遮雾罩，有点像这个捉摸不定的鬼天气。说它"有晴（情）"吧，西边却下着雨；说它"无晴（情）"吧，东边又出着太阳……"道是无晴还有晴"，就是"道是无情还有情"。这两句诗极其朴素又极其形象，将少女迷惘、忐忑不安、期冀等微妙而复杂的心情描述得生动传神。清朝俞陛云《诗境浅说》称："此首起二句，则以风韵摇曳见长。后二句言东西晴雨不同，以'晴'字借作'情'字，无情而有情，言郎踏歌之情费人猜想。双关巧语，妙手偶得之。"此评论可谓一语中的。

其实这首诗还可以作另外的解读。

"永贞革新"失败后，刘禹锡虽然被政敌赶出了朝廷，却没有悲观失望。怎样看待"白色恐怖"下的形势不外两种观点。一种是完了，一切都完了；一种是，任你雪山高万丈，太阳一出化长江。刘禹锡显然是后者。被贬为朗州（治武陵，即今湖南常德）司马的刘禹锡写下的《白鹭儿》就是这种豁达精神的写照：

> 白鹭儿，最高格。毛衣新成雪不敌，众禽喧呼独凝寂。
> 孤眠芊芊草，久立潺潺石。前山正无云，飞去入遥碧。

这是首自喻况味的咏物诗。"孤眠芊芊草，久立潺潺石"，给人的感觉，仿佛"有位佳人，在水一方"的意境。小白鹭纯洁无瑕、忠贞自守的高格调，让读者看到了革新志士顽强不屈的高尚情操。

元和九年（815年）十二月，刘禹锡与柳宗元等人一起奉召回京。好不容易回京了，不应该低调一些吗？但刘禹锡依然高昂着尊贵的头，写了《元和十一年，自朗州召至京，戏赠看花诸君子》诗：

> 紫陌红尘拂面来，无人不道看花回。

玄都观里桃千树，尽是刘郎去后栽。

此诗一出，朝中权贵炸作一团。执政武元衡大怒，再贬刘禹锡为连州（今属广东）刺史。后来又转任夔州刺史、和州（今安徽和县）刺史。宝历二年（826年）冬，刘禹锡从和州奉召回洛阳（今属河南）。大和元年（827年），刘禹锡任东都尚书省主客郎中，次年回朝任主客郎中。此时，武元衡已死14年。刘禹锡一到长安，就写下了《再游玄都观绝句》:

百亩庭中半是苔，桃花净尽菜花开。
种桃道士归何处？前度刘郎今又来。

"种桃道士归何处？"刘禹锡重提旧事，自然是对武元衡一伙的嘲笑和鞭挞。几十年的坚持和斗争，刘禹锡笑到了最后。但如果当初悲观失望，到边鄙之地后想不开，一病呜呼，那还有后来吗？所以，无论形势再糟糕，哪怕到了一塌糊涂的地步，依然坚持用"道是无晴还有晴"来看待天空，看待未来，激励自己努力上进，不是很辩证吗？

困难谁都有，逆境谁都可能遇上。但请记住，"道是无晴还有晴"。只要不抛弃，不放弃，总会有"云开日出乾坤朗"那一天。

遇见

遇见与邂逅的意思差不多。

一个人一生中，总有那么几次刻骨铭心的遇见。"力田不如逢年，善仕不如遇合。"如果是在对的时间遇见对的人，就会改变你的人生际遇。

不说蔺相如遇见缪贤，也不说张良遇见黄石公，更不说武则天遇见李治……单说苏轼的遇见……

影响苏轼一生的重要遇见很多，不可不说的是欧阳修。

嘉祐元年（1056年），21岁的苏轼参加礼部考试，欧阳修为主考官，梅圣俞为参评官。苏轼高中第二名（苏轼本应第一，因考卷糊名，欧阳公疑为弟子曾巩的卷子，为避嫌才使苏轼屈居第二）。事后，苏轼写信向欧阳公致谢。欧阳公看后，对梅圣俞说："老夫当避路，放他出一头地也。"意即"我应该退下去，好让苏轼出人头地。"

欧阳修对苏轼的推崇提携坦荡无私，无人可及。

但苏轼更为刻骨铭心的遇见却是陈公弼。

嘉祐六年，苏轼任凤翔（今属陕西）府签书判官。由于苏轼是参加

"贤良方正极言能谏科"考试得到官职的，一些年轻的幕僚就送他一个"苏贤良"的雅号。谁知知府陈公弼听到后，竟板着脸说："一个小小的判官有什么贤良的？"并喝令将那个称呼苏轼"苏贤良"的人打了好几板子，弄得苏轼非常难堪。

苏轼此后就闹起了情绪，开会迟到。但陈公弼硬是按照制度罚了苏轼8斤铜（相当于4000文）。苏轼在《客位假寐》诗中不无郁闷地写道："虽无性命忧，且复忍须臾。"意思是说，呆在这个糟老头儿的手下，虽然不用担心丢掉性命，却得忍受窝囊气（事载宋·邵博《邵氏闻见后录》）!

苏轼当然咽不下这口气。日子一天天过去，"报复"的机会终于等来了。原来，陈公弼要找一位文才写《凌虚台记》。苏轼当然是最佳人选，他也欣然接受。

苏轼小酒一喝，奇文立就。苏轼写道："夫台犹不足恃以长久，而况于人事之得丧，忽往而忽来者欤？而或者欲以夸世而自足，则过矣。盖世有足恃者，而不在乎台之存亡也。"

苏轼文中"讥讽"的意思毫不隐晦，再没文化的人也能看出来，更何况陈公弼！大家都为小苏捏一把汗。但是陈公弼看完后，并没有勃然大怒，而是很冷静地吩咐下人：一字不漏地镌刻于石碑之上，然后立于凌虚台前。

其实，陈公弼也是眉山（今属四川）人，是苏轼的同乡，论起辈分来还是其父苏洵的长辈。他这样做，就是要压压少年成名的苏轼的傲气，让他以后的路好走些。

陈公弼认为，换个角度看，《凌虚台记》碑也是立给苏轼的"镜碑"。一个人再有本事，也不能把尾巴翘得大高。尤其是年轻人。

响鼓不用重锤敲。站在碑前，苏轼幡然悔悟。陈公弼去世以后，苏轼含泪写了《陈公弼传》。他愧疚地道：

"轼官于凤翔，实从公二年。方是时，年少气盛，愚不更事，屡与公争议，至形于言色。已而悔之。"

可以肯定，如果苏轼没有遇见陈公弼，以他这样的做派，日后要跌大跟头。相较于欧阳修，遇见陈公弼对苏轼的人生更有意义。

有句话说得深刻：得到的多是侥幸，失去的才是人生。

经过陈公弼的打磨，大宋文坛上升起的就是一颗恒星，而非彗星。

"弄影"张先

　　北宋词人张先擅长小令，亦作慢词。其作品含蓄工巧，情韵浓郁。

　　张先初以《行香子》词中有"心中事，眼中泪，意中人"之句，被人称为"张三中"。张先不甚认可，对人说："何不称为'张三影'。'云破月来花弄影'（《天仙子》）；'娇柔懒起，帘幕卷花影'（《归朝欢》）；'柔柳摇摇，堕飞絮无影'（《剪牡丹·舟中闻双琵琶》），都是我的得意之句。"世人遂称之为"张三影"。

　　其实，张先描写"影"的名句，除上述三句外，还有三句。其中，一句是诗：《题西溪无相院》中的"浮萍破处见山影"；两句是词：《青门引·乍暖还轻冷》中的"隔墙送过秋千影"；《木兰花·乙卯吴兴寒食》中的"无数杨花过无影"。这么说来，张先似乎应该被称为"张六影""影帝"更贴切一些。

　　文学作品中的景物描写，是显示作家功力的一个重要方面。与许多文学大家不同的是，张先在景物描写上更善于"捕风捉影"，即对影作独到的、细腻的观察和描写。行为实，影为虚。写影有特别的美学效果，有助于营造一种空灵的艺术境界，如同南宋诗论家严羽所说："空中之音，相中之色，水中之影，镜中之象，言有尽而意无穷。"更重要的，影能揭示、升华形的神韵，让人浮想联翩，想到禅，想到道，想到那些超然物外的精神层面的东西。

应该说，写虚较之写实要难一些，更见功力。难就难在影子随着光线的变化而变化，更多的时候会呈现出一派迷迷离离、模模糊糊、缥缥缈缈、神神秘秘的景象。特别是月影，更能使人进入半是现实、半是虚幻，半是清醒、半是梦寐的感觉。在张先的六处美"影"中，最好的要数"云破月来花弄影"。不妨把全词抄录如下：

《水调》

数声持酒听，午醉醒来愁未醒。

送春春去几时回？

临晚镜，伤流景，往事后期空记省。

沙上并禽池上暝，云破月来花弄影。

重重帘幕密遮灯，风不定，人初静，明日落红应满径。

"云破月来花弄影"是全词的"词眼"。作者正是通过"花弄影"开拓了美的境界，使全词倏然生辉。花影相对，犹如名姝照镜，是自赏、自矜、自爱、自怜、自我陶醉，抑或是其它什么神态，都很难说得清，道得明。可是，张先用一个"弄"字就把它表达出来了，而且非常传神。这就是张先的非同凡响之处。难怪"弄影"此语一出，张先很快便获得了"弄影郎中"的雅号。

其实，无论早于张先还是晚于张先，都有一些人的作品对影的描写十分传神。例如，李煜《浪淘沙》中有，"想得玉楼瑶殿影，空照秦淮"；杜荀鹤的《春宫怨》中有，"风暖鸟声碎，日高花影重"；王安石的《夜直》中有，"春色恼人眠不得，月移花影上栏杆"；苏东坡的《水调歌头》中有，"起舞弄清影，何似在人间"；近代诗人徐志摩的《偶然》中有，"我是天空里的一片云，偶尔投影到你的波心"；台湾歌手费玉清演唱的《千里之外》中有，"船行影犹在，我送你离开"；陈明演唱的《郑州小夜曲》中有，"梧桐树，梧桐影，灯光摇曳"，等等。尽管说张先"弄影"达到了登峰造极的程度，但这些关于影的描写也还是各有千秋。就说"日高花影重"吧。中午太阳光直射的时候，花的影子不仅互相重叠，而且还有一种"沉重"的感觉，颇好玩味。还有，一片云"偶尔投影到你的波心"，形容男女青年一见钟情的感受，确实妙极！

写影还有一个作用，就是特别能营造悲剧气氛。因为影字本身就带有几分暗淡，几分忧伤。这一点从成语顾影自怜、形影相吊中就可窥见一二。故而婉约派词人作品中"影"字很多。清朝著名词作家纳兰容若的词，"影"字多达十几处，远远超过张先，充满了悲伤情调，意境也很美，但都压不过"弄影"受读者欢迎的程度。在我看来，张先的"云破月来花弄影"如同一个不识愁滋味的少女，生动活泼，很唯美，没有一点悲催的情调，这大概也是它"一花独红"的一个原因吧。

沛县会议

从某个意义上说，这是一场类似遵义会议的会议。

秦二世元年（前 209 年）的秋天，发生了陈胜、吴广起义，全国各地纷纷响应。沛县（今属江苏）县长非常惊恐，也想率领沛县的人响应义军。县政府办公室主任萧何、司法局局长曹参认为：县长本是秦国的官员，恐难服众。建议他派人召回那些在外逃亡的人，用他们来胁迫群众，方可成事。县长听后觉得有理，可是在把人派出去后，不仅反悔了，而且还要反过来杀害向他提建议的萧何与曹参。二人得到消息后慌忙逃出城外，县长下令关闭了城门。

被召回来的人进不了城，自然不肯罢休。其中有个叫刘邦的，向城中射了一支带有策反公开信的箭，说到了众人的心坎里。于是，大家一起起来杀掉了县长，打开城门迎接刘邦一行人众，并共同开会商议如何举义旗、成大事。

在那些逃亡的人中，还就数刘邦有些资历和见识，毕竟当过亭长嘛。于是大家要刘邦出头。可是这时刘邦郑重地说："如今正当乱世，诸侯纷纷起事，如果推举出来的领导不称职，就将一败涂地。我并不敢顾惜自己的性命，只怕自己能力小，不能保全父老兄弟。这是一件大事，希望大家共同推选出能胜任的人。"大家一听有理，于是就有人提议县政府办公室主任萧何。萧何连连摆手，言道："不敢当啊，我乃一介书生，如果起义失败，不仅自己活不成，还要连累亲人眷属。还是另选贤能吧。"于是大家又推举司法局曹参局长。可曹参吓得脸色煞白，说出的话和萧何如出一辙："谢谢大家这样抬举我。我的水平你们还不清楚，比萧主任差远了。他都不敢应，我更不行了。要是把事情弄砸了，父母妻儿都要跟着倒霉，算啦，请各位饶了我吧。"

刘邦瞪了他们两个一眼：真没种，牵着不走打着倒退的东西！但他还是努力按捺住冲动，清了清嗓子说："萧主任，曹局长，你们可是全县有名气的读书人呀，知书达理，对天下形势把握得准，关键时候，不要让全县父老失望啊！"

"是呀，萧主任，曹局长，你们千万不要让我们失望呀！"大家也都把目光聚焦到了他们身上，焦急地期待着。

萧何、曹参的头耷拉得越来越低，差不多夹到了裤裆里。

"刘邦，刘亭长……"萧何揣度，已经没有了退路，便强打精神站了起来，说："我和老曹真不是那块料，这样吧，你就领着大家干吧，其实，你就中！"

曹参也赶紧附和说："我看也是，刘亭长中！"

全场喧哗起来，一片唧唧喳喳，人们纷纷"骨头里头挑鸡蛋"，拿上放大镜照刘邦的优点，一个比一个夸得离奇。这个说："那次买酒时，我看到过他身上有龙出现……"那个说："我遇到个算命的，说他的面相贵不可言……"于是，大家一致赞成以刘邦为首领。

刘邦推辞了几句，就果决地应承了下来。但他还是对萧何、曹参的临危不受命满腔愤怒，藐视地剜了他们几眼。然后慷慨陈词道："感谢各位乡亲父老对刘邦的信任！刘邦没有什么学识，只有一样——胆！不是有句话叫'胆大包天'吗？不胆大无以包打天下，请大家看看我是如何胆大包天的！我不会辜负你们的！"于是众人鼓掌欢呼，称刘邦为沛公，竖起了反秦的大旗。数年后，他成了汉国的开国总统。

对比刘邦和萧何、曹参推辞的理由，不难发现，刘邦是担心自己没有能力，没有识见，怕"不能保全父老兄弟"——为公；而他们两人却是担心自己的身家性命——为私。应该说，萧、曹是知识分子、政府官员，学问、见识大大的；而刘邦就是一个老粗文盲，胸无点墨。按照常理，确实应该由他们两个出头带领大家闯荡江湖。可是关键时候，他们却成了缩头乌龟，而由一个"二混子"铁肩担道义，最终被时势造就成了英雄。为什么？因为"有识"的输给了"有胆"的。

有胆有识，缺一不可。单有胆而无识，就是蛮干，固然不行；但如果仅仅有识而无胆，再好的机遇也会被错过！这就是刘邦不辞卑陋，不畏艰险，浑身是胆，勇于承担，终于成就奇业伟勋而给予我们的启示。

大勇若怯司马懿

中国历史上有一个大勇若怯的统帅，他就是司马懿。

魏明帝青龙二年（234年），即蜀汉后主建兴十二年，诸葛亮率领十万大军最后一次兵伐中原，他兵出斜谷（在陕西终南山。谷有二口，南曰褒，北曰斜，亦称褒斜谷），于五丈原（今陕西眉县斜谷口西侧）扎下大寨。司马懿作为统帅带着魏军渡过渭水背水扎营，双方相遇。

五丈原前临渭水，背靠秦岭，三面壁立，难攻易守。司马懿到来后并不进攻，只是坚守在东边。因为司马懿料定，诸葛亮远道而来，粮草供应困难，利在速战，只要和他拖下去，胜利的天平就会向自己倾斜，所以司马懿能战却就是不战。

苏轼《贺欧阳少师致仕启》中说"大勇若怯，大智如愚"。什么叫"大勇若怯"？看看司马懿就知道了。守而不战，向对方示弱，这是司马懿"大勇若怯"的第一步。

但是，一个"拖"字，说着简单，实行起来却非常困难。因为敌人在千方百计挑战你忍耐的底线，"大勇若怯"有个坚持忍耐、接受时间考验的问题。

诸葛亮派将士天天挑战骂阵，咋难听咋骂，司马懿虽然捂上自己的耳朵，装作没听见，但他捂不了数万将士的耳朵。将士们都气炸了肺，纷纷埋怨主帅窝囊，并到主帅大帐请战。没办法，司马懿只好也装作气愤不过的样子，假惺惺地上表皇帝请求与蜀军决战。魏明帝对司马懿的把戏心知肚明，即派遣大臣辛毗带着天子符节以军师身份来到大营，晓谕魏军将士不许出战。看，诸葛亮又来挑战了，司马懿便装模作样地作起秀来。他将甲胄穿戴整齐，提枪上马，大叫一声"跟我来"，装作坚决要与诸葛亮一决高下的样子，但是辛毗威严地持节立于军门，不令出战。一个要战，往营门闯；一个要禁，以圣旨喝停，如此者三。二人的双簧演得惟妙惟肖，把魏军将士感动得热泪盈眶，于是，全军急躁愤怒的情绪得以缓解。这是司马懿"大勇若怯"的第二步。

时间一天天过去，蜀军眼看粮草将尽，诸葛亮急得嗓子眼冒火。怎么办？这时候还管他什么君子不君子，只好当一回小人了。出于无奈，诸葛亮派人给司马懿送去一套女人的衣服和首饰，骂司马懿是女人，企图以嘲笑和侮辱来激怒司马懿，诱他出战。令人没有想到的是司马懿并没有生气。他微笑着收下女衣和首饰，连声道："替我谢谢诸葛丞相，劳丞相破费了！"然后，司马懿拉住使者的手走进大营，亲热得就像一家人一样。"来呀，酒席摆上，奏乐！"温馨的气氛让诸葛亮的使者未酒先醉，很快就飘飘然起来。设宴招待诸葛亮的使者，这是司马懿"大勇若怯"的第三步，其大智大勇简直令人叹为观止。因为他知道，当敌人侮辱自己的人格时，说明敌人已经技穷了。

在宴席上，司马懿亲自给诸葛亮的使者夹菜劝酒。他像狡猾的狐狸一样向蠢如乌鸦的使者唱起了赞歌。他不动声色地探询诸葛亮"起居及事之繁简"。使者告诉他，诸葛亮每顿只吃一小碗米饭；士兵打20军棍的处罚，都是诸葛亮亲自审批。呵呵，食简事烦！由此，司马懿判断诸葛亮的健康每况愈下，生命已经进入到了倒计时，便更加坚定了"不战而屈人之兵"的方针，坐等诸葛亮"交粮本"。

果不其然，诸葛亮不久便气病而死，司马懿不战而胜。

在高希希执导的电视剧《三国》中，扮演司马懿的表演艺术家倪大红在谈到司马懿时说："他比诸葛亮更懂谋略，更懂心机，诸葛亮可以猜测司马懿的内心，而司马懿则能猜透诸葛亮的内心，猜测与猜透是完全不同的结果。"

如此大勇若怯的大智大勇之人，在中国历史上真的不多。

唐僧犯“最”

　　《西游记》中的唐僧，在赴西天取经的路上经历了九九八十一难。沿途的那些妖魔鬼怪们无一不在打唐僧的主意。如果没有孙悟空等人的保驾护航，恐怕唐僧早就死过多少遍了。这就让人奇怪，一个六根清净的僧人，早晚吃斋念佛，一心向善，可为什么还有那么多的灾难，有那么多的人打他的主意呢？

　　在我看来，是因为唐僧犯了“最”。

　　首先是唐僧的肉“最”，吃了可以长生不老。《西游记》第二十七回《尸魔三戏唐三藏圣僧恨逐美猴王》写道：“（白骨精）看见长老坐在地下，就不胜欢喜道：‘造化，造化！几年家人都讲东土的唐和尚取大乘，他本是金蝉子化身，十世修行的原体。有人吃他一块肉，长寿长生。真个今日到了。’”由此可以看出，唐僧虽然是肉体凡胎，但他的肉能够使人长生不老，是最稀有且极其难得的资源。试想，在蝼蚁尚且贪生的世界上，上至王公贵胄，下至芸芸众生，谁个不想万寿无疆？在古代，唯一的长生不老之法是修行（当然这是虚幻的说法），但那个修行不仅要受很多的难，而且"路漫漫其修远兮"，如今有如此的捷径，便有许多人不肯轻易放过。这样，唐僧成了众矢之的，也就在情理之中了。

其次是唐僧的貌"最"，能让不少女性神魂倾倒。唐僧究竟有多英俊帅气，《西游记》中的描述不可谓不详尽，最具代表性的属第五十四回《法性西来逢女国心猿定计脱烟花》。这里所说的女国就是通常说的女儿国。当唐僧师徒抵达女儿国后，驿丞对女王如此称赞唐僧的美貌："御弟相貌堂堂，风姿英俊，诚是天朝上国之男儿，南赡中华之人物。"而女儿国国王第一次见到唐僧时更是感到"眼前一亮"：

丰姿英伟，相貌轩昂。齿白如银砌，唇红口四方。顶平额阔天仓满，目秀眉清地阁长。两耳有轮真杰士，一身不俗是才郎。

女王看到心欢意美之处，不禁为其倾倒，"爱欲恣恣"。当然，那是小说版的唐僧对女王之魅力，如果再看看现实版的女王对唐僧之倾慕，则更知唐僧是天下无双的大帅哥。

20世纪80年代拍摄的电视连续剧《西游记》，唐僧由帅哥徐少华扮演，女王由美女朱琳扮演。20年后，中央电视台《艺术人生》作了一期《〈西游记〉20年后再聚首》的节目。朱琳一上台就对主持人朱军表示："其实，自从我一来，我的眼里就只有一个人，我的御弟哥哥。"而她所说的御弟哥哥就是"唐僧"徐少华。当被问及有什么话要说的时候，她道："自女儿国一别，20年不见，御弟哥哥，别来无恙？"说完深情地凝视台下的徐少华。当被问及为什么感情这么深的时候，朱琳回答："虽然在剧中是一段有头无尾的爱情，但却成就了一段人间佳话。"随后朱军问道："拍《西游记》留下了什么遗憾吗？"朱琳回答："我没有遗憾，因为我完全沉浸在和唐僧的一段儿女情长中。"接着补充道："人有很多七情六欲，人生有很多诱惑，像女儿国国王那样，识大体明大义，把爱情作为一种追求，一种憧憬，应该是进入了一种境界，女儿国国王做到了，我希望我也做得到。"

由于徐少华当年于去《西游记》剧组 3 天前结婚，朱琳对"唐僧"的爱情就只能是望梅止渴。然而她甘于寂寞，至今未嫁，守望爱情，一往情深，经受住了时间的考验，着实令人感动。不过由此也可以看出，优秀到了极处反而会为自己带来无穷尽的麻烦。不是这样吗？当我们为朱琳洒下一掬同情的泪水时，可曾想到"唐僧"徐少华也处于水深火热之中吗？

唐僧的故事告诉我们，人不能"最"，不管是正、反哪个方面。这里且不说反的，即坏的方面，因为绝大部分的人不想因坏而最，所以必须强调的是，为那些大家所一致认同的好的方面而"最"也很危险。首先是因为最好、最优秀难以做到，要有非常的异乎常人的付出，等你"最"了，人也就玩完了；其次，即便你真的做到了，成了最好、最优秀，那你就该倒霉、遭难了——一如唐僧那样。所以，尽管我不能说"最"等于"罪"，但我要说"最"就是"醉"。一个人啥时候一心想追求最好的，且难以自拔，十有八九，就是这个人已经醉了——一如朱琳那样。

毋援上古角空言

武则天曾经三次召见陈子昂。

文明元年（684年）春，24岁的陈子昂中举。当时唐高宗晏驾不久，其万年福地的选择困扰着朝廷。陈子昂在未授官职的情况下，就给武则天上了一篇近两千言的《谏灵驾入京书》。武则天"奇其才，召见金华殿，拜麟台正字"。麟台，就是秘书省；"正字"，就是"雠校典籍，刊正文章"。一个刚刚中举的年轻人，不是先到基层锻炼，就直接进了"国务院办公厅"，应该说，就是重用了。

其实，陈子昂的建议武则天并没有采纳，高宗的灵驾还是回了关中。之所以召见并授予其职务，那是武则天爱才，同时也是为了广开言路。陈子昂获武则天召见并授予官职的消息很快传遍了洛阳。人们把陈子昂比作汉朝的司马相如和扬雄。卢藏用的《陈氏别传》说："时洛中传写其书，市肆闾巷，吟讽相属，乃至转相货鬻，飞驰远迩。"即全洛阳都在传写这篇名文，甚至还有文贩子到处兜售他的文章。

垂拱元年（685年）十一月，武则天诏问群臣"调元气当以何道？"

尝到甜头的陈子昂因是第二次上书劝武则天兴明堂、大学……"于是，武则天第二次召见他，"赐笔札中书省，会条上利害。子昂对三事……"陈子昂这份谏书两千六百多言，一是批评朝廷派九道出大使巡按天下是骚扰百姓；二是刺史、县令很重要，但只重资历的"干部制度"导致地方干部很平庸；第三就是发展生产，不要打仗。陈子昂的建议虽好，但没有新意。当年武则天也曾给高宗上十二条建言，同样有"劝农桑""息兵"。关键是要拿出具体的可操作的东西，即怎么办。就拿"息兵"来说吧，武则天也不想打仗啊，但突厥、吐蕃老是骚扰边疆，掠杀百姓，咋办？说什么"去刑罚，劝农桑，以息疲民。蛮夷知中国有圣王，必累译至矣"，其实是自己哄自己，没有那样的好事。从"赐笔札中书省"可以看出，武则天对陈子昂寄予的希望很大，但看过他的上书后，心有点凉，没有封赏他。

垂拱三年（687 年），武则天打算先由雅州（今四川雅安）进攻羌人，进而袭击吐蕃。陈子昂上表劝阻。永昌元年（689 年）三月 19 日，武则天第三次召见陈子昂，要他提出建设性的意见。鉴于上次的感受，武则天特别叮嘱他："论为政之要，适时不便者，毋援上古，角空言。"即抓住当前为政的要害问题，指出哪些是不正确的，不要引经据典，大发空洞议论。陈子昂于是上《答制问事八条》：一是废弃刑罚，二是民可任官，三是任用贤才，四是去掉猜忌，五是征求批评，六是鼓励奖赏，七是停止征伐，八是安置皇族子弟。陈子昂的奏章递上去后，武则天一直没有回复。按照《新唐书·陈子昂传》的说法是："虽数召见问政事，论亦详切，顾奏闻辄罢。"

为什么会这样呢？问题就出在书生气上。武则天以年过六旬皇太后的身份三次召见一个二十多岁的年轻人，不可谓不诚恳，但是，陈子昂却扯起了婆娘的裹脚，又臭又长。

"大而空"其实是书生类知识分子的通病。这些人受到赏识后，就忘掉了主宾的位次，把上级当小学生看待，满口"子曰诗云"，喋喋不休地教训，忽略了"简练"二字。就拿陈子昂这三次谏书的字数来说，一次比一次多，但武则天没有批评他。后来，武则天让他做了右卫胄曹参军，一个看管武器装备的小官。意思就是要他到基层打磨。杜甫不也曾任过"右卫率府胄曹参军"吗？由此就可以想到，无论你怎样有"文化"，但在务实的领导眼里，"吊书袋子"没啥意思。

为政不是为文。很多时候上级要的就是解决实际问题，不是什么空洞的说教。如果用几句话能说明白的事，就不要长篇大论。凡是上万言书的人，没有一个有效果。

"毋援上古，角空言"，一千多年前武则天的谆谆告诫，至今仍有现实意义。

董其昌与袁可立

提起董其昌，可谓大名鼎鼎。他是中国古代颇有影响的书画家之一。《画史绘要》这样评价他："董其昌山水树石，烟云流润，神气俱足，而出于儒雅之笔，风流蕴藉，为本朝第一。"

董其昌于人事也极其精明。他35岁走上仕途，官至礼部尚书，80岁告老还乡，亦官亦隐45年，既在读书人中留下了谦逊超迈的形象，又攀上了官宦权势的高峰。

袁可立就不一样了，茫然不知者甚多。其实，历史就是这样吊诡，该青史留名的反而默默无闻。

然而，董其昌与袁可立却有奇缘。

据清王椷的《秋灯丛话》：董其昌是江南华亭（今上海市松江区）人，虽然少年时就才华横溢，然而科举却连连落榜。一天晚上，董其昌梦见了一位神人，他对董其昌说："你要等到袁可立和你同考，才能上榜。"董其昌梦醒后觉得非常奇怪，可是在华亭县查访不到名叫"袁可立"的人。

后来，董其昌离开家乡出外闲游，来到了千里之外的河南睢阳。在一个村塾里休息时，被一个容貌奇特的少年所吸引，便好奇地打听他的名字。塾师说："他是袁家的孩子，名叫可立。"董其昌一听又惊又喜，真是"踏破铁鞋无觅处，得来全不费功夫"。

当董其昌知道袁家无力供袁可立读书后，就将袁可立带回华亭，同窗共读。后来，两人在万历十七年（1589年）的会试中双双折桂。

之后，董其昌与袁可立就成了多舛命运"共同体"：万历中二人都遭贬回籍，又都在泰昌帝登基后重新起用。在魏忠贤横行的天启末年，两人都受到排挤和迫害。董是"深自引远，请告归"；袁是"珰（魏忠贤）以可立有意远己，于是加尚书衔，致仕"。真像绑在一条绳上的蚂蚱。

袁可立中举后，先是任苏州府推官，平反冤狱，继而回京，处斩弄臣，人称袁青天、铁面御史。后慷慨建言，触怒龙颜，被罢官26年。泰昌元年（1620年），袁可立复出。天启二年（1622年）三月，辽东起兵祸，袁可立上书条陈平辽方略，出镇登莱（治所在今山东蓬莱）。在袁可立的精心筹划下，后金四卫空其三，沿海四百余里之地尽弃之而不敢据。

天启四年五月，袁可立作《海市诗》。董其昌将它书写下来，并在尾跋中称颂"大作雄奇""弟以米家法书之"等语。年纪大的董其昌为何称"弟"？那是因为在董其昌眼里，袁可立太高大了。此刻石现保存在山东蓬莱阁避风亭内。

因忤逆魏忠贤，袁可立回朝再遭罢官。之后，辽东一线又危如累卵。

崇祯六年（1633年）十月，袁可立病重，董其昌作《疏林远岫图》赠。遗憾的是，袁可立于画到之前四天去世，没有见到这幅佳作。

董其昌亲自将袁可立病逝的噩耗报告崇祯皇帝。帝遣使至睢阳代祭，首辅孔贞运亲为墓铭。两年后，81岁高龄的董其昌写下了《兵部左侍郎节寰袁公行状四册》，说："虽天涯契阔，合并恒难。要以风义交情，皎如白日，知公者宜莫如昌。"董其昌还作《题袁可立像》，称赞袁可立

"忠诚干国，正直立朝"。

"知公者宜莫如昌。"这话很对，最了解袁可立的确实是董其昌。但是，上面我们看到的基本全是董其昌"爱慕""敬重"袁可立的情况，没有袁可立对董的片言只语，颇似"剃头挑子一头热"。

其中定有蹊跷。

说穿了，董其昌和袁可立的关系，同窗是其一，更重要的是粉丝和偶像的关系。袁一身正气，大义凛然，不怒自威，领袖范儿十足；董高山仰止，经常尾随袁后，口称"小弟"。

其实，崇拜袁可立的人多去了。如：泰昌皇帝朱常洛，天启皇帝朱由校，首辅孔贞运，大学士孙承宗，左都御史高攀龙，大学士黄道周，状元、翰林院修撰刘理顺，礼部侍郎钱谦益，明"四大家"之一的陈继儒，书法大家王铎……他们都对袁可立评价超高。

这说明袁可立在当时确实是一个鹤立鸡群影响很大、威望很高的"超级明星"。

但是就是这样一个英雄，清朝编写的《明史》却把他屏蔽了。正如首都师范大学教授徐建顺所说："可能是因为袁可立曾策反努尔哈赤的女婿，引起家族大乱，并大败努尔哈赤，这对于清朝皇室是很丢脸的事吧，所以历史就被修改了。"

首辅孔贞运在《兵部尚书节寰袁公墓志铭》中说："使天假数年，则公将奋谋决策，焚冒顿之虎落，犁老上之龙庭，以抒我皇上东顾之忧。而今已矣，惜哉！"

历史没有假设。袁可立死后十六年，明亡。孔贞运的哀鸣告诉我们，一柱擎天。袁可立之后，大明再无袁可立！

赵朴初与王安石

王安石是中国历史上著名的政治家、思想家、改革家和文学家。他的经济改革思想至今还有借鉴作用。他的诗文也写得很好，是著名的唐宋八大家之一。有一次他登飞来山之飞来峰，上到了位于峰巅的千寻塔，极目四望，意气风发地写下了一首诗：

> 飞来山上千寻塔，闻说鸡鸣见日升。
> 不畏浮云遮望眼，只缘身在最高层。

我国著名的佛教大师赵朴初先生，在诗词方面亦有很深的造诣。生前曾对王安石的这首诗提出质疑。赵朴初先生认为，王安石诗的最后两句值得研究。他说："我常坐飞机，向窗外望去，上面晴空蔚蓝，脚下云海茫茫，哪里看得清下面呢！"因此他作一诗反驳道："快然自足飞机上，珠穆昆仑脚下行。但畏密云遮望眼，应知身在最高层。"

赵先生此诗有深刻的寓意。即提醒身在高层的领导同志，时时存在着脱离群众、脱离实际的危险。要警惕"中梗阻"，即浮云的遮拦，以求了解真正的社情民意。诗写得确实不错。但是先生对王诗的看法却难以使人苟同。一是二人站的角度不同，二是二人"望"的客体不同。一个在飞来峰上，一个在飞机上；一个要看日出，一个要看下面。各自得出"不畏""但畏"相反的结论，是很正常的事情，根本不存在谁对谁错和反驳的问题。至此，我想起了毛泽东的《卜算子·咏梅》。此诗是毛泽东一九六一年十月读了南宋词人陆游的《卜算子·咏梅》后所写。毛词同陆词是两个意境，而短短的一句"反其意而用之"，言简意赅。

曾国藩"不好"谀

1851年1月11日，洪秀全领导的太平天国起义在广西桂平爆发，短短几个月就接连打败清朝军队的围追堵截，突出重围，扯旗北上，称王封制，成了清政府的心腹大患。曾国藩对此非常着急，他不仅在给友人的信中发牢骚，还于1851年5月冒着极大的风险，给咸丰皇帝上了一个《敬陈圣德三端预防流弊》的奏折。他认为，新君登位，满朝谨小慎微，"唯阿之风"正在刮起，对青年皇帝不是好事，若是滋长了皇帝的"骄矜"，养成"恶直而好谀"的习性，可就是国家的祸事了。

其实，"恶直而好谀"与其说是养成的习性，不如说是天性。

一次，曾国藩用完晚饭，颇有志得意满之感，便与几位幕僚高谈阔论天下英雄。曾国藩自然是舆论导向的定盘星，便抛砖引玉说："彭玉麟、李鸿章都是大才，为我所不及。我可自许者，只是生平不好谀耳。"曾国藩意在言外，用期许的眼光扫了大家一眼。

一个幕僚期期艾艾说："二公各有所长，彭公威猛，人不敢欺；李公精明，人不能欺。"

曾国藩白了这个幕僚一眼，那意思是说："笨，怎么就没有领会领导意图呢！"只好直奔主题，耐着性子问道："你们以为我怎么样？"

众人低首沉思，不知道说什么、怎么说好。忽然从后面走出一个管抄写的后生，插话道："曾帅仁德，人不忍欺。"

众人听了，一齐拍手。

曾国藩心里像猫娃添似的，得意地说："不敢当，不敢当！"

后生告退，曾氏问："此是何人？"

一幕僚说："此人是扬州人，入过学（秀才），家贫，办事还谨慎。"

曾国藩深沉而郑重地说："此人大才，不可埋没。"

不久，曾国藩升任两江总督，派这位后生去扬州任盐运使。

老曾每每都在怵惕着"谀"，却挡不住无形中谀的神奇的力量。也许当初未发达时，老曾是真的不好谀；而到了发达时，则是主动求谀了。即便如此，也不能谀得太俗，太露，太"low"。能拿下老曾的，一定得是"高端大气上品位"，且巧妙得如春风拂面，不露痕迹，即如扬州这位后生。

老曾不是不好谀，而是"不好"谀，即不容易谀。

第五辑　仁山智水

韶山行

　　车在"长韶高速"路上飞速行驶，窗外的山峦苍松犹青，一丛丛枯草依稀露出稚嫩的草芽儿，空气清新而湿润，散发着极淡的草香味。在新中国成立 60 周年前夕，我渴慕大半辈子的韶山，终于就要到了，激动之情难以言表。

　　毛主席故居位于韶山一个小山坳里面，前临明水，背倚青山，是一处普通而大气的民居，十余间青石黄土墙和黑木灰瓦搭建的房子，与湖南众多民居毫无二致，然而，却和毛泽东的命运一样，几度沧桑，迭经战乱。

　　拾阶走进厅堂，被保留的物什井然有序，朴实而规整。堂屋右侧是毛泽东的父母毛顺生、文七妹的卧室，墙上是一幅毛泽东、毛泽民与其母亲的合影。与之相连的还有毛泽民、毛泽覃的卧室，以及厨房、猪圈、柴房、天井，浓郁的农家生活气息扑面而来。

　　故居中央的天井深有丈余，长宽大约两三米的样子，方方正正，全由卵石砌成，水深尺许。我对着天井深思良久，脑子里幻化出日出东海云蒸霞蔚的壮观景色。故居门前是一泓碧水，叫南岸塘。当年郭沫若先生面对塘水顿发感慨：毛主席是少年游池塘，青年游湘江，老年游长江，越游越宽广。

少年毛泽东可能受《水浒》中人物感染，更被大山外的革命热情所吸引，不愿封闭在山坳，庸碌无为。于是走出大山，带领中国人民，把千疮百孔的旧中国搞了个天翻地覆……据说，13岁的毛泽东读私塾时偷看《水浒》被老师发现，罚他以天井为题赋诗。他这样写道："天井四方方，周围是高墙。清清见卵石，小鱼囿中央。只喝井里水，永远养不长。"

1910年秋，毛泽东投考湘乡县东山高小。17岁的他穿着旧西装，打着破领带，在同学们眼前就是一个"傻大个"。他感到很是屈辱，跑到塘边写下《咏蛙》诗："独坐池塘如虎踞，绿荫树下养精神。春来我不先开口，哪个虫儿敢作声。"学校入学考试作文题为《言志》，其他学生写的大都不出尊孔读经、成名成家之类的"套路"，只有毛泽东的《咏蛙》出人意外地抒发了雄视天下的气概和胆略。校长李元甫及监考教员惊呼："我们学校录取了一名建国大才！"

毛泽东少年时曾向同学萧三借书，萧三出了一句离合联，让这个从韶山冲里来的乡下人对：目旁有贵，瞆目不会识贵人。毛泽东略一思索，便应道：门内有才，闭门怎能纳才子？应对天衣无缝，堪称完美，不卑不亢地回应了对方的傲慢。

从故居出来，我们瞻仰了屹立在毛泽东广场上的铜像，参观了纪念馆、遗物馆。我们随着队伍徐徐前行，向毛主席铜像敬献花圈。毛泽东遗物馆展示遗物1008件。"虚拟翻书"将毛主席看过的部分书籍第一次呈现在观众面前。我把手放在"书页"上，随着手的抬起和落下，从目录到内容翻动自如，很是神奇。这是我平生第一次感受这种"高科技"。在一组毛主席交纳伙食费和粮票的"发票"中，有一张中共河南省委办公厅开具的发票，时间是三年自然灾害时的 1960 年，可能是 2 斤 4 两吧，没有记清。其实，防止腐败最重要的是防微杜渐，就是要在"小节"上做文章，做到公私泾渭分明。

滴水洞最初叫"滴水冲"或"吊水洞"。南临龙头山，北接虎歇坪，西枕牛形山。周围碧峰吐翠，岚岭含烟，茂林修竹，山花野草，蜂蝶对舞，禽鸟向鸣。吴玉章老人曾赋诗称赞："人间滴水洞，天上广寒宫。住上二十日，老翁变顽童。"

100 多年前毛氏先贤编修《毛氏族谱》时这样描绘滴水洞："一钩流水一拳山，虎踞龙盘在此间。灵秀聚钟人莫识，石桥如锁几重天。"又云："耸翠舒塘泼翠鲜，一峰如断一峰连。如登滴洞疑无路，忽转龙头别有天。"

当年毛主席住过的滴水洞一号楼，是一座青灰色的四屋脊平房，它面朝龙头山，背后就是毛家祖坟，倚山而建。入口处牌坊大门上"滴水洞"三个遒劲有力的大字，集自毛主席诗词手迹。公路右侧山体上镌刻着党政军领导和文化名人的题词。如董必武、聂荣臻题道："山不在高，有宝则名。水不在深，蕴珠则澄。岑同苔阜，人杰地灵。鲁之尼山，粤之翠亨。以拟韶山，差可比伦。"认为孔子故里山东曲阜，孙中山故居广东中山翠亨村"差可比伦"韶山，乃真知灼见。诗人臧克家的《题韶山》："叠翠丛中一点红，乌云穿破万千重。年年仰止人流通，岂为山高始慕名？"回答了为什么这么多人来韶山参观的问题。一台湾学者说："中华民族五千年的历史上，第一位巨人毫无疑问是毛泽东。"非洲的黑人们一听说对方来自中国，立即竖起大拇指"毛泽东！毛泽东！"没有任何国家的领袖能让他们如此肃然起敬。

法国作家雨果说过："世界上最宽阔的是海洋，比海洋更宽阔的是天空，比天空更宽阔的是人的胸怀。"我以为还有更宽阔的，那就是毛泽东思想！我们共产党人，我们的子子孙孙，将永远尊崇伟大的开国领袖毛泽东。

橘子洲

如今，不知道橘子洲的人很少，但知道得清楚的也很少。

"侃"橘子洲不妨先"侃"湘江。

鲁迅说："昔闻湘水碧如染。"

应该说，湘江还真是有些独立特行。神州"九江东流"，唯有湘江北上。湘江，很有一种"虽千万人吾独往矣"的勇往直前的精神与气魄。

湘江有神曰湘灵。"湘灵妆成照湘水，皎如皓月窥彤云。"湘灵照水的地方，传说就在橘子洲。

橘子洲是绵延在湘江里的一块沙洲，南北狭长，约5公里，东西则宽不足150米。它的东边是长沙市区，西边是岳麓山。橘子洲介于名城和名山间，凌袅袅碧波上，宛如彩带，被誉为"中国第一洲"。

橘子洲，从纵向看，它是"画"在湘江里的箭头，指引着船舶前进的方向；从横向看，它是一个跳板，或者说它是一个巨人的肩膀，把星城长沙和岳麓山挑在肩上，乘着湘江的波浪奋勇向前。

橘子洲如集翠嵌玉的王冠，又似中流戏水的中华豚。如果把长沙市和岳麓山看作是湘灵的一双美丽眼睛的话，那么橘子洲就是美人额头上的那颗痣……

橘子洲远比我想象的要大、要美。橘子洲是一个奇迹。

远在唐代，以产美橘著称的橘子洲就风景如画。杜甫在此写下了"桃源人家易制度，橘洲田土仍膏腴"的诗句。千百年来，物换星移，橘子洲的风景更胜当年。春来，芳草凄凄，沙鸥点点；夏至，晴空万里，浓荫匝地；秋到，橙黄橘红，层林尽染；冬临，江树飘雪，寒冰凌波。而"江天暮雪"乃潇湘八景之一。我们来的时候是金秋。洲上游人摩肩接踵，繁华的景象迥别于伟人当年"独立寒秋"的寂寥。

站在橘子洲上，就像上了一条乘风破浪的大船。我不由得精神抖擞。好一个放飞理想的地方！这明明就是"举（动词）子舟"啊！

1925 年，毛泽东在橘子洲头，凝望着滔滔北去的湘水，挥笔写就脍炙人口的词篇《沁园春·长沙》，抒发了心忧天下、匡时救民的壮志豪情。从此，词壮名城，洲以毛传，橘子洲蜚声中外。

当我近距离看到巨大石碑上镌刻的毛主席手书的这首词时，顿觉血管贲张。那文采、那书法，出神入化，浑然一体，激越如电闪雷鸣，苍茫如龙行大泽，堪称双绝。它牵引着我的目光，飘扬起我的魂魄，让我不禁念出声来："独立寒秋。湘江北去，橘子洲头……"哦！有道是佳作不厌百回读，每读一次皆有心得。回想起自小随着老师一字一句的跟读与现在亲临实地的品读，体会迥然不同。特别是词的结尾，"怅寥廓，问苍茫大地，谁主沉浮？"让人震撼。这是对旧世界、旧制度的挑战之问、否定之问。这个问题之前有谁想过、问过吗？没有，绝对没有。但青年毛泽东想了，发出了开天辟地的"第一问"，这就叫深邃！为什么中国革命选择了毛泽东当舵手？答案就在这首词里。毛主席的诗词气势磅礴，激情澎湃，壮美阔大，神采飞扬，可谓前无古人后无来者，即使逾越千年也不失引领读者壮怀激烈、舍生取义的魅力。

再往南走，接近橘子洲头是一尊毛泽东的巨型石砌雕像。

　　雕像高32米，基座至肩部高15米，长83米，宽41米，采用钢筋混凝土框剪结构，外表为花岗岩石材。这座以毛泽东年轻时期形象为蓝本的半身塑像，着重刻画人物的面部表情，展现了一个风动短发、陷入深思的心忧天下的书生气象。

　　我还真没见过这么巨大的雕像！由于人太多，我东趔西走，前进后退，想选择一个与伟人雕像合影的最佳角度。但无论怎么选择，都觉得自己的气质难匹之万一。苍穹之下，橘洲之上，瞻仰伟人的风采，人人由衷地崇拜。

　　大海航行靠舵手。还真佩服雕像作者构思之奇妙。端坐于"橘子舟"头的毛主席俨然巨轮舵手形象。主席，我们一定会沿着您开辟的社会主义道路破浪前进！

受降城外月如霜

特爱李益《夜上受降城闻笛》中的"回乐峰前沙似雪，受降城外月如霜"句，也特别想身临其境尝试"受降城外月如霜"的韵味。

于是就有了寻觅受降城的冲动。

查《唐诗鉴赏辞典》（上海辞书出版社出版），李益诗中的受降城为灵州，一说在今宁夏灵武，一说在今宁夏吴忠市。该书说："贞观二十年（646年），唐太宗曾亲临灵州，接受突厥一部的投降，'受降城'之名即由此来。《宋史·张舜民传》仍沿袭唐时称呼，把灵州呼做受降城。"

应该说这话不假。唐太宗确曾亲临灵州，接受突厥一部的投降。但是，所谓的"突厥一部"，其实就是少数民族，乃今之中华民族大家庭的成员。另外，人家当时是归顺，和打败投降还是有一定区别的。因此，"受降"二字就得打个问号。更有甚者，古灵州到底在哪里还有争论！

有名无实，既煞风景，也伤心情。灵州受降城，翻篇！

不过，唐朝武后、中宗朝的名将张仁愿还真筑过受降城。

景龙二年（708年），朔方军总管张仁愿在黄河以北筑中、东、西三座首尾相应的"受降城"。中受降城在拂云祠（故址在今内蒙古包头西），与东、西两城相去各 400 余里，皆据要津，遥相应接。从此，突厥不敢度阴山畋牧，朔方不再受其攻掠，并减省镇戍兵数万人。杜甫在《诸将五首（其二）》中以"韩公本意筑三城，拟绝天骄拔汉旌"称赞张仁愿。诗中所谓"韩公"者，即张仁愿。张仁愿建受降城后，被封为韩国公。

遗憾的是，张仁愿的受降城并没有真正受过降。

名不副实，郁闷。韩公受降城，也翻篇！

一个有名无实，一个名不副实，难道就没有名副其实的受降城么？

远在天边，近在眼前，中原名城漯河就是货真价实的受降城。

抗日战争胜利后，1945 年 9 月 20 日，漯河作为全国 15 个受降区之一，当时的国民党第五战区司令刘峙代表中国政府在漯河山西会馆，即现在的漯河二中院内，接受了侵华日军 2971 部队司令官鹰森孝带领的 31560 名日军官兵的投降。

当年，漯河民众为了铭记日军投降这一重大事件，教育子孙后代勿忘国耻发愤图强，自发捐款捐物修建受降亭。1945 年 12 月上旬，在火车站南端花园内，受降亭建成。

遗憾的是，1948 年，受降亭毁于战火。

2012 年 9 月，由漯河开源集团出资，重建了受降亭。

"封狼居胥""勒石燕然"，开源集团做了一件功在当代，利在千秋的好事！

2016 年麦收前，我来到了漯河。

从地面到亭顶共 19.45 米，这是纪念 1945 年的抗日战争胜利。我一阶一阶走上去，仿佛穿越了 71 年，回到了战后胜利的那一刻。

瞻仰受降亭，摩挲受降碑，我老泪纵横。

受降亭是中国人民抗日战争胜利的标志，是中华民族伟大不朽的历史性胜利的重要见证。

曾经听比我更老的老人说过，在漯河受降后两天，郑州也举行了受降仪式。无论城市还是乡村，人们在月光下狂欢到半夜。"一直到晚上，这条街（时名长春路，今二七路）上都人流不断，鞭炮声不绝，欢乐的人们一直沉浸在胜利的喜悦中。"

　　一句"在月光下狂欢"，让我极力想象"受降城外月如霜"的景象。无意间翻了一下《万年历》。巧得很，1945年9月20日正是农历乙酉年八月十五日。啊，中秋节，团圆节，天上地下，一派皎洁，"受降城外月如霜"还真应验了！借用南宋爱国词人京镗的《水调歌头·中秋》开篇之问："何事喜中秋？"呵呵，日本投降呀！天公也笑逐颜开，这恐怕是中国人民最开心的一个中秋了！

　　我的心情大好起来，一蹦大高。

　　我穿行在漯河的大街上。各种街灯、彩灯、霓虹灯交相辉映，"不夜城"取代"月如霜"，成了城市的常态。我走到郊外，月光照耀在一望无垠的麦浪上。又差可比拟"回乐峰前沙似雪"的辽阔高远。突然，远处传来悠扬的笛声。如怨如慕，如泣如诉，乍然间进入到了我心里最柔软的那块地方，就让我想到了在受降仪式上刘峙的表现。

　　中日代表签字后，日本代表鹰森孝面向在场的中国军民，后退三步，鞠了九个躬，并把佩戴的指挥刀双手举过头顶，交给主持受降的刘峙，正式投降，行鞠躬礼。让人不可思议的是，刘峙竟欲举手还礼，受到美国顾问的严厉制止："不要还礼，他是战败者，本应向我们敬礼！"刘峙一时间脸色颇为难堪。

　　像刘峙这样的软骨头居然能做中方代表，还不让日本人笑话我们偌大的中国没人吗？但这也恰恰说明了中国人对待侵略者往往失之于过于仁慈，致使他们长不了记性，一旦养好了伤疤，便又猖狂起来。

　　鉴于历史的教训，是该有几座永远保存的受降城了！

　　笛声渐入幽缈。我知道那是"万古风流贾湖笛"的回声，是老祖宗的天籁之音。

　　月如霜，清醒了我们的意识；笛似砥，磨炼着我们的精神。如今，受降城是找到了，而且也感受到了别有一番滋味的"月如霜"，但心头的家国情怀、责任感也更加强烈了。

　　我想，自己无论有多大的不愉快、不开心的事都可以忘记，但唯独日本军国主义可能死灰复燃、可能卷土重来，不能忘记！

　　受降城外月如霜！

"伊甸园" 七里海

最近，我有幸游览了天津市七里海湿地国家公园。

关于七里海，有一个美丽而动人的传说。很久以前，大地有两个子女，一个是陆地，一个是海洋。久而久之，他们就产生了爱情，进而孕育了生命，孕育了人类。有人说，湿地就是他们亲吻的地方。那被芦苇洲分割开来的片片湖泊，犹如他们亲吻时面颊上沁出的粒粒汗珠，其中，以七里海最大、最靓。一个东七里海，一个西七里海，端端正正地挂在两人的鼻尖上，晶莹闪烁。站在七里海湿地核心区极目环顾远眺，还真有这个意境。那浩瀚的清波，婆娑的芦苇，转眼之间就幻化成了一对恋人。朦胧中他们一点一点靠近，柔情脉脉，娇喘微微，香汗涔涔，继而呢喃嗔嬉，嗲声嗲气……也许，他们的话永远也说不完。不过在我看来，这一大片湿地更像是亚当、夏娃的伊甸园。这里不仅生长着大片大片的芦苇，还生存着许多鱼类和水鸟以及其他动物，它们和谐相处。如今，湿地与海洋、森林一起，并称地球三大生态系统，被人们形象地誉之为"绿色肺叶"与"地球之肾"。可是多少年来，湿地就像一位藏在深闺的妙龄女子，没有人知道它的真正价值，并且年复一年地"围剿"它。如今不一样了。科学告诉我们，湿地除了拥有大量的生物资源外，其最重要的作用是给大地提供负离子。导游用手做了一个"OK"的姿势，意为1立方厘米内有2500个负离子。怪不得生命最早是在湿地诞生的。试问，还有什么地方比湿地更适合早期柔弱的生命生存呢？

在七里海观测平台外部的户外电视墙上，八块大屏幕分为上下两排，每块屏幕显示的是，栖息于鸟岛不同位置上的鸟类实时活动的情况。忽然左上角的一块屏幕上出现了一只形状像老鹰的大鸟，旁边打出的字幕是"鵟"。鵟，鹰科鵟属。当时，同游的许多人都发问："'鵟'字怎么念？"我说："念'狂'。如同'鹰'字一样，上边的表声，下边的表意。"接着又补充道："狂，尽管是表声，但也说明这种鸟很厉害。"众人哂笑，说我附会。但我有自己的道理：现在，到哪里还能看到鸟中之王的雄鹰？可七里海就有，而且成群结队，遮天蔽日。我们乘游船往七里海中心驶去，绕过了五六个鸟岛，鸟儿也由少到多，最后到了最远处的一个鸟岛。远远望去，许多全身呈褐色的鵟鸟，或盘旋翱翔，或俯冲折转，或扶摇直上，或比翼双飞。有的鸟儿甚至像在"3D"电影中看到的那样，面对着我们的船径直飞来，快接近了，然后猛一转身，直冲霄汉，景象蔚为壮观。七里海是许多禽鸟从南半球迁往西伯利亚途中的驿站。根据天津市鸟类普查统计资料，天津地区发现的鸟类共235种，其中有金雕、白肩雕、玉带海雕、白鹤等国家Ⅰ级重点保护鸟类12种。

说了"鹰击长空"，还得说说"鱼翔浅底"。人们常说的七里海三宗宝，第一是银鱼，第二是紫蟹，第三是芦苇草。七里海中鱼出奇地多。站在船头，不时会看到鱼儿纵身跃出水面；站在船尾，则可见到许多鱼儿嬉戏追逐翻卷的浪花。浪打鱼，鱼打浪，鱼儿更在浪头上，简直美不胜收。过去人们在夜间掇一盏马灯和一只水桶，往岸边一放，便会有硕大的乌龟和肥美的河蟹鱼贯而出，只管往水桶里捡就是了。如今虽然不能再现昔日景象，但要想一饱口福，在这里依然比其他地方容易得多。中午我们在芦台镇用餐，除了列入国家保护名单的各种禽鸟鱼虾外，其他的你可以尽情享用。

尽管七里海作为世界上著名的三处具有古海岸性质的湿地之一，极具旅游观赏价值，是一个非常难得的生物伊甸园，但今天的七里海较之它的前身"雍奴薮"已经萎缩很多了。据北魏郦道元的《水经注》卷十四《鲍丘水》载："自是（鲍丘）水之南，南极漳沱，西至泉州（治所在今天津市武清区城上村，北魏并入雍奴县）、雍奴（秦汉时治所在今天津市武清区大宫城村东侧，北魏移治今武清区旧县村），东极于海，谓之雍奴薮。"按其所述范围计算，这片湿地约有3000余平方公里，但是现在已经不到100平方公里了。我想，如果若干年后，这最后的一片水域真的成了名副其实的"七里"海，甚至干涸得一滴水也没有了，恐怕我们后悔的眼泪也流不出来了。

也许人类在这里孕育，也在这里消亡？但愿这不是危言耸听。

武则天与巩义

据古代文献记载，黄帝、尧、舜、禹、汤和周成王等，都曾在巩县（今郑州市所辖之巩义市）洛汭沉璧祭天。在洛汭祭天的礼仪一直持续到周朝初年的成王。《竹书纪年》是这样说的：（周公）"与成王观于河洛，沉璧，礼毕王退。"其后的秦汉魏晋直至隋朝，未见有沉璧祭天的记载。

武则天很可能是最后一位在洛汭沉璧祭天的帝王。

两《唐书》的《武后本纪》，均没有武则天洛汭沉璧祭天的记载。可是，大学者、时任国子司业崔融的文章却让我们眼前一亮。武则天去世后，崔融代表朝廷撰写的《则天大圣皇后哀册文》称颂武则天说："沉璧大河，泥金（即封禅）中岳。巍乎成功，翕然向风。"不仅如此，长安三年（703年）崔融向武则天上的《请不税关市疏》也说："伏惟陛下当圣期，御玄策，沉璧于洛，刻石于嵩……"这两处文字虽然有"大河"与"洛"的不同，但意思是一样的，并不矛盾。因为上古帝王所谓的"沉璧大河"，实际上都是沉璧于河洛交汇处的洛河一方。例如《尚书·中侯》中说："尧率诸侯，东沉璧于洛。"洛河由西南方向注入黄河，两河之夹角即是洛汭。在洛汭向东沉璧，自然是沉璧于洛水之中。崔融在两篇重要文章中如此明确地说到武则天曾经"沉璧大河"，就不能不让我们相信，这是事实。

尽管两《唐书》中的《武后本纪》对武则天洛汭祭天的事情不记一字，但对武则天"泥金中岳"的事情还是有记载的。据《旧唐书·武后本纪》："万岁登封元年（695年）腊月甲申（初一），上登封于嵩岳。"武则天在封禅之后，还"刻石于嵩"，在嵩山留下了由武三思撰文，薛曜书丹的《大周封祀坛碑》。其实，这次封禅只不过是武则天在嵩山活动规模最大的一次。武则天一生对嵩山钟情有加，从高宗时代起，就多次登临嵩山，有资料说武则天一生上嵩山多达十次，但两《唐书》有记载的也就一半左右。这也让我们从一定程度上对武则天洛汭祭天不见于《武后本纪》释怀。谁都能理解，写史不能面面俱到，有所选择，有所偏重，出现遗漏也很正常。更何况这种情况是发生在对武则天有着根深蒂固成见的封建史家那里，就更没有什么奇怪了。

尽管崔融对武则天洛汭祭天的描述只有一句话，但依据史料我们还是能大致还原武则天当年到巩县洛汭祭天的盛况。那一定是个春光明媚的日子，武则天率领王公大臣，龙子龙孙，从神都洛阳坐船出发，大队人马浩浩荡荡，经洛河直达洛汭的神都山下，然后弃船上山，面东而立。仪式很可能是由武则天的侄子、魏王武承嗣主持。大家先是跪拜天地，然后由武则天亲自宣读祭文，之后缓缓沉璧。仪式场面宏大，庄严肃穆，一派盛世气象。

洛汭之神都山，是邙岭的东延部分，俗称邙山头。巧合的是，其名与大周都城神都相同。这就让人浮想联翩，神都山之名会不会与女皇有什么关系？但没有史料可考。这也难怪，史籍对女皇这次隆重的祭天活动都没有记载，更何况这次大活动中的一次小活动呢？！其实，神都山的别名也很多，如神堤山、神尾山等。所以，做这样的猜想也许不无道理：就是武则天来洛汭祭天前后，传旨把这座古代祭天的名山称作神都山了。当然，神都山之名是否女皇所改，对我们来说，并无多大实际意义，也没有必要较真，但作为一段千古佳话或者文坛佳话，温暖、扮靓我们茶余饭后的时光，还是可以的！

历史会记住武则天，这位洛汭祭天的最后一代帝王！

在桥上发呆

　　流连于桥头的人，多是有沧桑的人。他们看似不动声色，其实是进入了思想的陶冶之境。等他离去的时候，他对世界的看法、对自己的看法，也许就有了些许的改变。

　　桥身方便了人们通行，而桥头则很适合人们歇脚。如果撇开实用功能来看，桥头很有点人生某种意象、某种隐喻的况味。

　　昔日两相阻隔，如今"变通途"了，两岸的人难道会麻木到仅仅一通了之吗？非也。面对流畅的拱形桥和蜿蜒的水流，你可以一洗风尘，也可以小憩，但你不会什么都不想。从这边来，到那边去。从呱呱坠地走到今天，岁月不深不浅，不远不近，等于上了人生的桥。站在桥上，脚下有水流或人流，头上有蓝天和白云，两边都可以看到，可回忆亦可展望，可入世也可出世，有着广阔的回旋余地，思想就展开了，就飞翔起来了。

　　好想年轻时的岁月。啊，时光啊，你怎么就是不可逆的？桥还能退回去，但过去的岁月却永远消失了。想在此歇一阵，看一下风景，但岁

184

月不让。它死拉硬扯地逼我往前走，但是我就想停在当下。于是，它决绝地和我挥挥手，扬长而去。我无奈，只好一个人独坐桥边，拿出一本书，时而仰望长天，似读非读；时而站起身来，扶着栏杆，默对河水……

"念桥边红药，年年知为谁生？"啊，桥底下，在风里舞蹈着的，还是千年前的芍药吗？多少年了，它就这么附和着岁月的节拍，荣荣枯枯，枯枯荣荣。可悲的是，草是无知的和被动的。虽然在草面前，我可以高傲地说，我是有知的，我的生命我当家，但我也弄不清楚，当初来到这个世界的、少年的我，从哪里来，到哪里去，为什么活着。当然，年少时，也与草木无异，根本不会考虑这些，就知道一天天地跟着时光、跟着感觉走，像风一样自由。那时候，池塘、水库、小河是我最喜欢的。夏日，我可以整天泡在水中，扎猛子，和小伙伴打水仗。有时走上高高的桥栏，一跃而下，把水面砸个坑，而那水面亦如少年不知愁滋味的时光，永远都不会凹下。冬日，我在冰面上撒欢，蹓来跳去，好不快活，但也会摔痛了，努力噙住在眼眶里打转的泪水。确实，少年人碧玉一般的纯洁无瑕，肚子里不装哲学，没有"周情孔思"，唯一追求的便是欢乐，哪怕是建立在痛苦或者苦难底色上的欢乐。但是，在岁月里打过若干个滚以后，便少了几分虚妄，多了几分现实。我看人，再也不会简单地分为好人和坏人；看事，再也不会简单地分为好事和坏事。

虽然爱情不分年龄，但最有资格谈情说爱的是青年。有句话叫"我站在桥上看风景，看风景的人在楼上看我"。如果把它改动一下，便成了"我站在桥上谈恋爱，看风景的人在楼上看我"。许仙和白娘子，为什么相遇的地方不是白堤、苏堤，而是断桥？为什么牛郎织女一年一度相会的地方竟也是鹊桥？《庄子·盗跖》里有尾生抱柱的典故。相传尾生与女子约定在桥梁相会，久候女子不到，水涨，乃抱桥柱而死。说也奇怪，近代还真有这么一对男女在桥下殉情。这故事在天津著名艺术家董湘昆的京东大鼓《兰桥会》里，也在著名影星吴琼演唱的黄梅戏《兰桥会》

里。它们都是以苏北阜宁一带流传的一个真实故事进行演绎的。有部美国电影叫《魂断蓝桥》，讲述一名军官与一名芭蕾舞演员的爱情悲剧。为什么这么多的爱情故事都选择以桥为背景？看来，桥确实与恋爱有相通的地方。桥大都是从两边往中间修，到最后，中间连在一起叫合龙。初唐著名诗人骆宾王有《咏美人在天津桥》："美女出东邻，容与上天津……寄言曹子建，个是洛川神。"我猜骆宾王的意思就是显摆，大概是我的女朋友比你曹植的还漂亮，那才叫洛神！晚唐著名诗人韦庄有"骑马倚斜桥，满楼红袖招"的名句。你看，一个"春衫薄"的年轻人骑着一匹骏马，气宇轩昂地立于虹桥之上，是多么惹女子垂青！而韦庄晚年回忆起这一幕又是多么陶醉！所以，很多中年人来到桥上，便会想到同自己的白马王子或者白雪公主当年在桥上牵手的情景。桥除了给予爱情"合"的美好外，也有"分"的苦涩。李白叹道："年年柳色，灞陵伤别。"当然，李白所谓的伤别，是广义的。除了恋人之别外，还有亲人之别、朋友之别……但对于古代的恋人来说，那座伤离别的灞桥，好像在许多地方都有孪生姊妹，而且一直年轻如昨。

我曾在几座桥上留下过青春的影像。身依桥栏，头发被吹成了旗帜，像模像样的文艺范，之后，两眼左右乜斜江之两端：河道曲折，由近及远，肥阔而瘦窄，悠远而渺茫。极尽处，返璞归真到上下合一、水天周抱。似乎一切都从无处来，到我身边汇合后，又喧闹着回归无处。再观眼下，水缓流静，水草优雅。岸边的大树葳蕤而挺拔，依然一副昂然向上的姿态。桥边虽然可以坐一坐，站一站，但也是仅此而已。逝者如斯夫，生命没有赋予我更多的时光让我在这里尽情抒发小资情调。还是背上行囊，赶上前去，让身后撒下一星半点光亮，是为正途！

吊褒姒

　　一个秋冬之交的日子，天气极冷，整个天地缩成一团灰蒙，像一个空旷的铅铸的洞窟。我行走在巩义市东南的古道上，寻觅周代的戏邑所在地。公元前770年，也是一个这样的日子，阴风乍起，一场由申侯发动的武装叛乱攻陷了京都成周，周幽王和他的王后褒姒出逃。据《汲冢书记年》载，幽王和太子伯服"俱死于戏"，而褒姒被犬戎掳走。《国语·鲁语上》亦有"幽灭于戏"的记载。"戏"，据考证就是"戏邑"或"戏山"。按照《中国历史地名词典》(江西教育出版社 复旦大学历史地理研究所《中国历史地名词典》编委会1988年8月第1版1989年7月第2次印刷)的解释，可能就在今河南省巩义市浮戏山一带。

　　由《史记·周本纪》"弃女子出於褒 (今陕西汉中市西北褒城东)"可知，褒姒是一个弃婴。《周本纪》还说："幽王嬖爱褒姒。褒姒生子伯服。"这说明幽王和褒姒很恩爱。尽管如此，幽王却不能立褒姒为后，因为幽王的老舅申侯在朝中势力很大，不仅胁迫他娶了申侯的女儿，而且还得立申后所生的儿子宜臼为太子。幽王心中十分气愤：为什么出身贫穷的人就不能当王后？同样是人，为什么要分嫡出庶出？意欲和申侯公开决裂。但褒姒劝他忍辱负重。幽王是一个热血男儿，终于有一天，沉默的火山爆发了，他毅然"废申后及太子，立褒姒为后，伯服为太子"。

这下子可砸了锅。宜臼逃往申国，对申侯哭诉。申侯一听大怒：宫涅（幽王）这小子居然敢废王后和太子！立即"与缯、西夷犬戎攻幽王"，即和缯侯、犬戎联络，点起大军杀往京都。

京都被叛军攻破，幽王、伯服父子在叔叔郑桓公的保护下往郑国逃奔，于是就发生了前面所说的那一幕。据说，褒姒被犬戎掳去后，受尽凌辱自尽身亡。

史籍对于褒姒的身世忽悠得很远、很玄，说她是夏末时二龙的唾液，装在一个木盒子里藏了数百年，至周厉王时方打开，后化作玄鼋附着在一个宫女身上，从而生出了一个妖孽，是注定了要毁灭周朝江山的。这不仅是瞎扯淡，而且开了中国历史上"妖魔化"一个人的先河。可是即便我们用百倍的放大镜，拿出"大跃进"时深翻土地的劲头，也根本看不出来褒姒的所作所为有什么"罪恶"和"歹毒"。但是反过来，如果不去管那些刻意"妖魔化"的文字，依据史书中的蛛丝马迹，还原出来的却是一个美丽善良、备受人们尊敬的、具有长者之风的奇女子褒姒。就说她这个名字"姒"吧，《现代汉语小辞典》的解释是：古代称姐姐。古代称丈夫的嫂嫂。不管姐还是嫂，都可以理解为尊称。由此可见，褒姒绝对是一个受人尊敬的女人。另外，褒姒的儿子名曰"伯服"。"伯"者，老大也，亦即兄弟中的大哥。由此两点推知，褒姒入宫早于申后，可能是生男孩最早的王妃。按照当时"母以子贵"的规则，幽王封褒姒为王后和伯服为太子并没有什么错，只不过出身"弃婴"的褒姒，娘家（或许根本就找不到娘家）没有像申侯那样强大的社会背景罢了！

哎，有什么话可说！一个孑然一身的无依无靠的苦命弱女子，因为美貌做了王妃，就被妖魔化，就被诬成了红颜祸水，成了亡国的妖妃。

天道何在！公理何在！

　　周围没有一个人，盘旋在野坟上的一只老鸦尖叫着，恐怖在枯草丛中向外弥漫，我出了一身鸡皮疙瘩，但我没有发抖，独立特行地向褒姒被掳的西北方向深深地躬下了身子。也许，这是她的魂灵千古之后受到的人世间的第一次祭奠。

英雄难过虎牢关

驱车从郑州出发，一路西行，先抵汜水镇，继而越过汜水河，就到了虎牢关前。

这是传说中的虎牢关么？我满眼狐疑。

没有雄壮的关门，两边的山冈也没有壁立千仞的感觉，中间一条土路，一派萧索景象。

这时候，过来一位此村的农民和我搭讪："请问，您是来看虎牢关的吗？"

我说是。

"没什么看头了，"村民叹口气说，"我小时候还有关门，汜水镇上车水马龙。后来，虎牢关彻底地废弃了。"

我很沮丧。觉得几蓬衰草，一抹夕阳下的虎牢关，就像一位饱经沧桑的老人，失去了往日的活力。

但是，我可以想得见它昔日的威严雄壮。

虎牢关前是一马平川的河滩地，也就是曾经的古战场。伫立在此，思绪很容易回到历史的长河里。看，亮起了刀光剑影；听，响起了鼓角争鸣。仿佛对峙的两座山岭之间的关门轰然洞开，接着就从里边冲出来了一队手执兵器、盔甲明亮的士兵，走在前边的，是一位英姿飒爽的将军，他横刀立马，威风凛凛……

这个将军就是当初的汉王，后来的汉高祖刘邦。

想当年，刘邦与项羽"战荥阳（治所在今郑州市古荥镇）、争成皋（即今荥阳市汜水镇）之口，大战七十，小战四十"。最初，刘邦、项羽在荥阳一带形成对峙。由于汉军的粮道被项羽主力切断，困于荥阳的刘邦岌岌可危，无奈只得让将军纪信扮作自己诈降，而刘邦则悄悄从西城门出逃至成皋，又从成皋渡河北上修武。夺韩信兵权后，刘邦折身南渡黄河，重新夺得虎牢关。此役成为楚汉战争的转折点。项羽此后再没有越过虎牢关往西一步，最终乌江自杀。我不由地感叹，英雄难过虎牢关。

800年后，代替刘邦站在虎牢关口的将军是当初的秦王，后来的唐太宗李世民。

武德三年（620年）七月，李世民率军攻打洛阳的王世充，王世充向河北的窦建德求助。武德四年三月，窦建德带领10万大军来到牛口（今荥阳牛峪口）。李世民深知虎牢关的重要性，在窦建德到来之前，率领3500人迅速占据了虎牢关。窦建德来后，李世民闭关不出，与窦建德相持月余。其间，李世民悄悄派一支部队截断了窦军粮草，随后牧马黄河北岸，装出已无粮草的迹象，引诱窦军发动进攻。窦建德果然上当，在汜水东岸摆开二十余里阵势，欲与唐军决战。谁知唐军仍然闭关不出，直等到窦军饥渴疲惫、斗志松懈的时候，猝不及防地杀出，最后生擒窦建德。要说，窦建德也算是一个英雄，弄好了下洛阳、陷长安，也不是没有可能，然而竟然在虎牢关前折戟沉沙。于是，我又感叹，英雄难过虎牢关。

虎牢关，左河右山（嵩山），背倚西部山区，面对东部平原，被称为"地喉""东西之缩毂"和"天下之枢"。在冷兵器时代，虎牢关几成决定中原王朝的生死之地。所谓"得中原者得天下"，实乃得虎牢关者得天下。如今，无论那些"过关"的胜利者抑或是"过不去关"的失败者，俱已消失在历史的风雨里，而虎牢关也已老迈，再没有了当年豪迈称雄的气势。

我登上大坯山巅，老乡指点给我的，是与三国有关的"张飞寨""吕布寨""华雄岭"等遗迹的方位、概况。我心里清楚，这些无非是根据《三国演义》"虎牢关三英战吕布"臆造的，但我仍然听得津津有味。其实，虎牢关作为检验英雄的雄关，倒是应该留下与刘邦、项羽、李世民、窦建德等有关的纪念建筑遗迹。可历史就是这样的吊诡：真的没人信，假的香火旺。可在这里，就连假的遗迹也很难寻觅了，唯有一座"三义庙"。

还好，脚下的路是刚修的。老乡说，郑州市旅游局和荥阳市正在规划建设虎牢关旅游区，不久就会看到重新屹立在大坯山下的虎牢关门楼。我很高兴，俯瞰着滔滔黄河，怀古的幽思泛滥起来。

在旅游业发展得如火如荼的今天，虎牢关依然冷峻如昔，不会也是应了那句"英雄难过虎牢关"吧？

登受禅台

经过近一千八百年的风雨洗礼，汉魏受禅台浓缩成了一个巨大的皇帝印玺，紧紧地嵌盖在临颍县繁城镇的大地上，见证了魏兴汉亡，感受了曹笑刘哭。

禅让，听起来美得不能再美了。传说这是古之圣君尧舜曾经的做派和美德。但究竟有没有那回事，谁也不敢肯定。

到了西汉末年，王莽导演了一次人模狗样的禅让，不仅很快玩完，而且被骂得狗血喷头。

接着就是曹丕取代汉献帝的所谓禅让。不仅留下了受禅台和"三绝碑"等物证，而且政权交接顺利，没有出现骄兵悍将的抵制，就连一次抗议活动也没有发生。正如英国小说家乔治·奥威尔所说："我们真正的敌人是随波逐流、不管对当下思想认不认同都随之起舞的应声虫。"其实，这正是历史上所有敢于悍然发动宫廷政变或者打着禅让的名义逼宫的阴谋家，对大多数人"惯于长夜过春时"心态的政治判断。不过，这次曹丕"城头变幻大王旗"，实在是从其父曹操开始。经过了太长时间的温水煮青蛙，老百姓已经麻木了。当然，也不能说老百姓傻。封建政治家玩得再花，也瞒不过老百姓的眼睛。呵呵，汉献帝是傀儡，江山早就姓曹了！你知、我知、天知、地知。

曹丕大喜，宣布对三公以下朝臣俱都加官进爵。但有一人例外，即相国华歆，贬为司徒。因为在受禅仪式上，相国华歆和尚书令陈群面带愁容，没有笑逐颜开。

华歆是个老辣的政坛大腕。那个由四十六位公卿、将军联名劝进的《上尊号奏》，排名第一的就是"相国、安乐乡侯臣歆"。不仅如此，在禅让仪式上也是华歆宣读的献帝禅让诏书。难道华歆是个两面派吗？

曹丕觉得，不管怎样，对华歆得敲打敲打。他叫陈群站起来答话，却用眼睛的余光扫视华歆。曹丕问道："朕顺应天命即皇帝位，你为什么不高兴？"陈群赶紧跪下回答说："臣和相国华歆等曾是先朝旧臣，现在欣逢圣主，心里虽然高兴，但出于大义，脸上还是要表现出对故主的怀念，以及对陛下的恐惧和憎恶。"曹丕一听，是呀，转弯不能转得太快，还蛮符合人情世故哩，遂冰释前嫌，对华歆、陈群更加青睐。

站在华歆和陈群的立场上想想，也真是那么回事。人心都是肉长的，尽管竭尽全力为曹丕篡汉效劳，当了曹氏的应声虫，但对汉献帝还是免不了会有一点同情之意，滴几滴鳄鱼的眼泪是必须的。一是毕竟曾经君臣一场，二是也要表演给他人看，得会两面脸。

翻脸比翻书还快，那是十足小人所为。能在政坛上站得住的政治家决不会这样"绝情"。"翻手为云，覆手为雨"里边的机巧、学问太深，像我等这样没文化的人说不明白。

朝廷内外越是没有响动，越是表明人们内心的不平静。不说汉献帝刘协，也不说老百姓，单说原汉室那些皇亲贵胄，恐怕大都是五味杂陈。

静水流深。不是没想法，实在是没办法。

还有那个负责禅让大典安全的、十数万大军的统帅司马懿，他会怎么想？尽管历史没有记载，但我们可参考前人：

当年，刘邦到咸阳出差，看见秦始皇外出巡游的盛大场面，喟然太息曰："嗟乎，大丈夫当如此也！"

当年，秦始皇南巡，游会稽，渡浙江，仪仗万千，威风凛凛。项羽在一边观看，直流口水，道："彼可取而代也。"

……

说出来的叫阳谋，没说出来的叫阴谋。司马懿"狼顾"着受禅台，冷若冰霜。

45 年后的公元 265 年，司马懿的孙子司马炎如法炮制，以晋代魏。同样顺利得如同今天代替昨天。这就叫螳螂捕蝉，黄雀在后。

禅让，其实只是历史转弯三种方式中的一种。另外两种方式是发动政变和通过战争。但禅让是阻力最小、代价最小的一种方式。如果把政变和战争比作是犀利的弯度最大的锐角的话，那么禅让就是钝角或者是圆弧。

中国历史上禅让的朝代不少，新莽，三国魏，晋，南朝宋、齐、梁、陈，还有隋朝，但大都短命。而通过战争打下来的江山多数比较长久。

这就很耐人深思。通常的说法是，你就没有出那么大的力，就不会有那么大的收获。

其实这也是人类文明进步中一个十分困扰的问题。长期以来，战争一直被视为人类最大的梦魇。但文明的进步没有捷径。曾有人提出，从某种意义上说，人类文明进程是由不文明向前推动的。美国作家伊恩·莫里斯的《战争》就认为，战争推动了人类进步。

确实，先进的社会制度代替落后的社会制度，不流血很难。

但就我个人的感情而言，我还是钟情禅让。管你们谁当皇帝，别让老百姓遭罪就行。但很多人都说，甘蔗没有两头甜，感情代替不了理智。

烈日的余晖下，我一步一步登上受禅台。台上的风比台下尖利得多。嗖嗖的直往怀里钻，让我不寒而栗。

站在高处，确实很风光。只是这风光是因了招风。招风而后能抗风，才有风光可言。如果抗不住，倒下了，那就没有风光了。

战争最终总会被消灭。代替它的，自然不会是禅让，而是民主。

郾城古战场赞"三贤"

我们一行来到漯河市郾城区。城区高楼林立，城郊麦浪翻滚。几乎没有谁会想到，如此美好的地方，八百多年前曾是一个血流遍地的古战场。

北宋靖康二年（1127年）四月，金兵攻入东京（今河南省开封市），掳走徽、钦二帝，北宋灭亡。其后，宋高宗赵构在杭州建立了一个偏安政权，史称南宋。

高宗绍兴九年（1139年）正月，宋金双方在绍兴达成和议，南宋向金国纳贡称臣。孰料不久，金国右副元帅兀术、领三省事斡本等在本国发动政变，而后撕毁和议，再次发动了对南宋的侵略战争，金朝出兵不到一个月，就占领了根据和议归还给南宋的河南之地，继而威胁淮河以南。于是便有了史称"郾城大捷"的岳飞与金兀术的殊死较量。

当年的郾城宋金大战，没有谁能说清楚主战场在哪里。我俯身在麦田里寻觅，希望也能像杜牧那样捡到一枚箭头或者什么战争遗物，然而，劳心费神半天却空空如也。

对于那场战争，也许谁都能忘记，但我脚下的土地不会忘记。

这是一场给侵略者一记当头痛击的正义之战。我对着麦田深深地三鞠躬，吊祭在那场战争中为了保家卫国而英勇牺牲的所有将士，并给与崇高的礼赞。

我首先要礼赞的是宋军统帅岳飞。

岳飞是南宋主战派的代表。历史上，凡是受到侵略的一方总会分化成主战派和主和派。对他们的看法，我这个人有点绝对，就是100%地无条件地支持主战派。在我看来，所谓主和派，那是面子上的话，其实质就是投降派。我曾经看到有人对北宋与辽国签订的"檀渊之盟"啧啧称赞，叫什么"金钱买和平"。呵呵，我轻蔑地笑了两声，金钱能买和平？打死我也不会相信。就拿这次战争来说，绍兴协议刚签订一年多，南宋臣也称了，钱也送了，但又怎么样？金国还不是连借口都不找一个，就直接打过来了？可见用"金钱买和平"不过是一厢情愿，自欺欺人。

绍兴十年五月下旬，宋将刘锜在顺昌府（治所在今安徽省阜阳市）与金兵开战。六月初，宋高宗急命驻扎在鄂州（今属湖北）的岳飞"多差精锐人马，火急前去救援""不得顷刻住滞"。但是高宗又担心岳飞会乘机北伐，便特别以"重兵持守，轻兵择利"诫之，规定光州（今河南潢川）和蔡州（今河南汝南）为岳飞进军的极限。

岳飞接旨后立即出兵北上。大军刚到德安府（治所在今湖北省安陆），司农少卿李若虚快马前来传达宋高宗密旨："兵不可轻动，宜且班师！"一心精忠报国的岳飞对高宗朝三暮四、出尔反尔的态度十分气愤，断然不从，并与"钦差大臣"李若虚吹胡子瞪眼睛。岳飞认为北伐的计划已经延搁三年，机不可失，时不再来，岂能一再延宕。岳飞话音一落，李若虚立即响应，赞同岳飞北上，才有了郾城大捷和其后一连串的胜利。

岳飞可赞处甚多，但我最赞他的"一根筋"。难道你不清楚打仗就是玩命，干嘛非要北上不可？好像你长了多少个脑袋似的。两宋之所以都被外族所灭，就是因为像岳飞这样"一根筋"的人太少。

接下来我要礼赞的是这位主动承担"矫诏之罪"的李若虚。

李若虚这次到岳飞军中传旨本来就是违心地执行皇命，再加上岳飞的断然拒绝，基于大义，毅然说道："事既尔，势不可还。矫诏之罪，若虚当任之。"不但毫不犹豫地承担起"矫诏"的责任，而且回朝为岳飞力争。七月，李若虚返回"行在"临安，报告朝廷："敌人不日授首矣，而所忧者他将不相为援。"当时由于岳飞进军战果辉煌，赵构就隐忍了，未对李追究责任。

其实，李若虚对岳飞还另有恩情。绍兴七年，赵构对允诺"将淮西诸军交岳飞统辖，遂行北伐计划"的事反悔食言，加之宰相张浚在分配军权上有私心，与岳飞发生言语冲突，导致岳飞愤而辞职。虽然朝廷不准，但岳飞径归庐山，在母亲墓前结庐，坚持不出。赵构只得命时为岳飞部属的李若虚、王贵代表朝廷前往庐山礼请岳飞回京，并撂下狠话说，若岳飞再拒绝，将连李、王一并军法处置。李若虚等至庐山东林寺转达朝廷之意，但岳飞牛脾气大发，坚执不肯回京。李若虚虽是岳飞部属，但年长岳飞数岁，便厉色道："相公你想造反吗？你不就是一个河北的农夫！如今你受天子委任，有了兵权，你就以为能够与朝廷抗衡了吗？你如果坚决不回去，连累得我等受刑而死，我们可都没有对不起你呀！"双方一连僵持了六天，岳飞才怨气平复，随着李若虚回了临安，一场危机终于化解。后来，岳飞被秦桧害死，李若虚也被贬谪，死于贬所。

岳飞辞职风波是影响岳飞与朝廷关系的重要事件。当时就有张浚上书弹劾岳飞"要君"，秦桧也在背后煽风点火。事后赵构虽表面上表示了宽容，但私下难免怏怏不快，这就为岳飞日后风波亭被害埋下祸根。但聊以自慰的是，这件事终究在李若虚六天的密集思想强攻下和平解决，为岳飞为国家建功立业争取了宝贵的时间。

最后，我要礼赞的是惨烈牺牲的岳飞裨将杨再兴。

七月八日，岳飞长子岳云首先率领骑兵精锐出城迎击金兀术，双方展开了激烈的鏖战。几十回合过后，金国的十余万后续军队也陆续开进战场。此时，杨再兴单骑冲入敌阵，扬言要活捉金兀术，使出一身神力，杀金军将士近百人，他自己也身中数十枪，然奇迹生还。

郾城大捷后的七月十三日，杨再兴等300骑为前哨巡逻到小商桥，猝然与金军主力数万人遭遇。金军对他们实施包抄围掩。尽管众寡悬殊，杨再兴等却毫无惧色，殊死拼斗。由于杨再兴擒兀术心切，跃马欲过小商桥时，坐骑陷淤泥中不能自拔，被金兵乱箭射死。此战宋军300将士全部为国捐躯，而金军被杀的有二千多人。宋军将杨再兴尸体焚化以后，竟得箭镞两升。岳飞把杨再兴骨灰葬于河北岸，哭祭并亲树墓碑于坟前。杨再兴等将士的英勇牺牲，更加坚定了岳飞抗金收复失地的决心。时天下大雨，岳飞悲愤交集，于小商桥上吟《满江红·怒发冲冠》词，全军将士无不慷慨激昂。杨再兴之死可谓死得其所，比泰山还重。

什么叫英雄？摧锋于正锐，挽澜于极危是也。岳飞、李若虚、杨再兴三贤当之无愧。

我爱北湖

2018 年 4 月 15 号，我二次莅睢。

多年前曾经路过睢县，第一印象是惊讶于睢县的水。一条马路穿行水中，四野空旷，一望无际，浩浩荡荡，横无际涯，原始中牵绊着荒凉，土气中蕴含着秀气。惊鸿一瞥，匆匆而去，好像是和一个甩着大辫子又穿着偏开襟印花袄的村姑邂逅。这次来，人间四月天，最是春和景明。首先知道了她的名字叫北湖，继而又见识了她的美丽。杨柳四绕，长桥飞虹，亭榭映波，水鸟出没，游人流连，如在画中，北湖俨然成了丽质天成、举止高雅的大家闺秀。

北湖年轻，也就 400 岁。但北湖方正，独一无二。孟郊有诗曰："万俗皆走圆，一身犹学方。"好像是专为晚他数百年的北湖而写。走遍天下，方正之湖唯有北湖。北湖之方，代表的是睢县人民的品德与风骨：襟怀坦荡，秉公持正，刚正不阿，坚持原则。历史和现实中，睢县有太多、太多这样的人。从宋襄公到袁可立，从苏金伞到任长霞，哪个不是铁骨铮铮？有人说，心要方，行要圆，这其实是一种诡辩。难道内外可

200

以两道吗？就像水这样一种至柔的东西都可以方正如斯，难道我们堂堂立于天地间的人不应该"宁为方碎，不为圆全"？

夜幕降临，我站在睢州国际酒店的窗台前面北而望。民（民权）太（太康）公路从北湖景区中部纵穿，两排华灯溢光流彩，如同一条彩带把北湖打扮得分外妖娆。加之点缀在湖中的亭台楼阁，更使北湖靓丽如少女。苏东坡把杭州西湖比作西施，我则把北湖比作貂蝉。西施沉鱼，貂蝉闭月。也真巧，今天是农历二月三十，天上没有月亮。或许就是因为北湖的原因吧，月儿躲起来了！

一直以来有个误区，说平原地区没有资源。其实水就是最大的资源。睢县正是因为有了这一大坑水，就从一个丑小鸭变成了白天鹅。这几年，睢县在水上做起了文章，这一做不要紧，名气大起来了。很快，"中国最佳生态旅游县"来了，"中国铁人三项运动协会专用赛场"来了，"全国百佳深呼吸小城"来了……

问渠那哪得清如许，为有源头活水来。北湖这么大的水面，如果没有水系，就得有泉眼，不然，是很难维持下去的。我带着疑问请教了有关专家。专家说，从2008年后，每年春秋两季，都从黄河补水。但我爱打破砂锅问到底，就问2008年之前呢？专家笑了：过去湖四周都是湿地，芦苇一片又一片。这些湿地等于是北湖的肺，起到了调剂水量的作用。但是后来在湖周围搞建设开发，建起了一栋又一栋的高楼，于是，湿地减少了，水也就不够了……

我陷入了沉思，意识到了保护湿地的重要。首先，湿地既是蓄水池，也是水源地。第二，湿地可以调节气候，使气温年、日较差减小，空气变得湿润，降水量增多。第三，湿地还可以为一些动植物提供栖息地，维持生物的多样性。就拿睢县来说吧，同样在豫东，同样是平原县，为什么只有睢县唯一入选"全国百佳深呼吸小城"？恐怕光靠一个北湖是远远不够的吧。

北湖周围的湿地已经不多了。要保护北湖这一中原明珠，就要下大决心、下大气力保护北湖周边的湿地。如果有必要，甚至还可以"退耕还湿"。当然，可能有人会不以为然，认为有黄河这个"壮汉"为之输血，北湖完全可以高枕无忧。但我要说，靠人不如靠己，输血不如造血。还是掏自己的力，吃自己的饭，让我们的北湖自力更生，早日解除这个后顾之忧吧！

我爱你，北湖！